长白山新派丛书

张福有 主编

黄春华诗词选

黄春华◎著

时代文艺出版社

图书在版编目（CIP）数据

黄春华诗词选 / 黄春华著．—长春：时代文艺出版社，2019.7
（长白山诗派丛书 / 张福有主编）

ISBN 978-7-5387-6048-4

Ⅰ.①黄… Ⅱ.①黄… Ⅲ.①诗词－作品集－中国－当代 Ⅳ.①I227

中国版本图书馆CIP数据核字（2019）第007670号

出 品 人　陈　琛
产品总监　郭力家
责任编辑　曾艳纯
封面题字　王云坤
装帧设计　孙　利
排版制作　隋淑凤

黄春华诗词选
黄春华 著

出版发行 / 时代文艺出版社
地址 / 长春市福祉大路5788号　龙腾国际大厦A座15层　邮编 / 130118
总编办 / 0431-81629751　发行部 / 0431-81629755　北京开发部 / 010-63108163
官方微博 / weibo.com / tlapress　天猫旗舰店 / sdwycbsgf.tmall.com
印刷 / 三河市万龙印装有限公司
开本 / 710mm × 1000mm　1 / 16　字数 / 207千字　印张 / 15
版次 / 2019年7月第1版　印次 / 2019年7月第1次印刷　定价 / 90.00元

图书如有印装错误　请寄回印厂调换

“长白山诗派丛书”编辑委员会

巍峨长白　张福有 摄

⊙ 2011 年 8 月 22 日，张福有在长白山天池

主编简介

张福有，别署养根斋，祖籍辽宁东港，1950年生于吉林集安良民村，中央党校研究生，研究员。中国文联全委，中国摄影家协会理事，中国作家协会会员，中国书法家协会会员。曾任集安县委办公室副主任，通化地委办公室副主任，吉林省委副秘书长兼办公厅副主任，白山市委副书记兼政协主席，吉林省委宣传部副部长（正厅长级）兼吉林省社科联党组书记、副主席，吉林省文联（吉林省作协）党组书记、副主席和吉林省社科院副院长，吉林省政协常委，中华诗词学会二届、三届副会长等。现为中华诗词学会顾问，吉林省诗词学会会长，长白山诗副社长，《长白山诗词》主编，吉林省长白山文化研究会会长，吉林省文史研究馆馆员，吉林师范大学客座教授，中国社科院东北工程专家组成员，吉林省文物局集安麻线高句丽碑、安图长白山神庙遗址、抚松枫林遗址专家组成员。著有《养根斋诗词选》《张福有诗词选续辑》《诗词曲律说解》《长白山诗词史话》《高句丽王陵统鉴》等，辑笺《长白山诗词选》，编著《长白山诗词论说》《百年苦旅》《集安麻线高句丽碑》等，主编《长白山池南撷韵》等三十多部，有三十多项考古新发现，填补空白，纠正误识误读。2012年荣获“全国优秀科普名家”称号。被《长白山诗词》和“诗词中国”推荐为：“吉林诗家”“中华诗人”。力行以诗证史，倾心培育长白山诗派，为长白山文化研究和建设做出开拓性贡献。

长白瀑布　张福有 摄

⊙ 黄春华

作者简介

黄春华，网名阿豆、素月清波、素月轩主等。1963年10月出生，吉林省四平市人。东北师范大学历史系研究生毕业。历史学教授，中共党员。现就职于吉林省教育学院。钟情于古诗词和历史研究，发表了《长白山诗词述论》等数十篇论文，创作诗词近千首，多发表于《长白山诗词》《中华诗词》《吉林日报》《长白山日报》和各种网络诗词论坛，系中华诗词学会会员、长白山文化研究会副会长、吉林省诗词学会副会长，2019年3月经由公开发行的《长白山诗词》推介为“吉林诗家”。

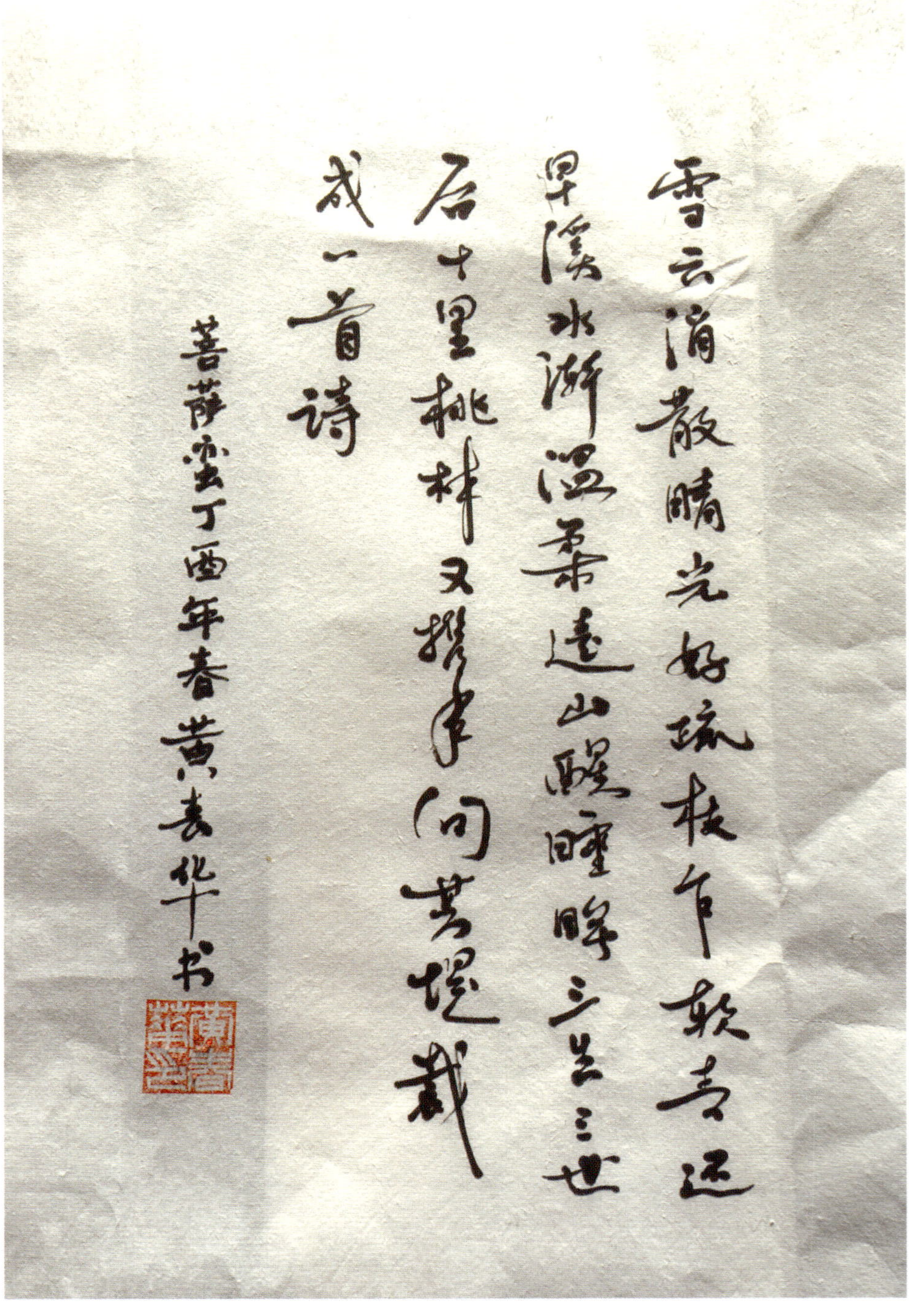

⊙ 黄春华手稿

总　　序

经过多年的策划，“长白山诗派丛书”今年终于全面启动了。

早在1994年春，时任中共白山市委副书记蒋力华建议拙斋编辑《长白山诗词选》，并云：“担纲者，非兄莫属也。”拙斋深感兹事体大意深，可做，亦应做好。只是时任中共吉林省委副秘书长兼办公厅副主任，分管综合、信息、督查等政务工作，没有时间去做。1996年5月9日，拙斋亦被省委派到白山，任中共白山市委副书记兼市政协主席。当晚席间，力华说：“老兄，《长白山诗词选》这回可以动手了吧？”我答：“此事现在真的可以做了。”

此后，两年的业余时间，均做此事，每天只睡两到四个小时。辛苦，但很充实，也很快乐。

1998年9月8日，拙斋在白山市主持召开了全国第三次长白山文化研讨会暨《长白山诗词选》首发式。应拙斋之请，时任吉林省政协主席张岳琦同志莅临会议。中华诗词学会孙轶青会长写来贺诗。中华诗词学会常务副会长、《中华诗词》杂志社社长梁东，副会长、《中华诗词》主编刘征，副会长兼秘书长、《中华诗词》常务副主编周笃文，副会长、《中华诗词》常务副主编杨金亭，副会长、河南省诗词学会会长林从龙，中华诗词学会顾问、广西政协副主席、诗词学会会长钟家佐，《诗刊》常务副主编丁国成，著名诗词理论家丁芒等国内诗词大家齐聚白山，共襄盛举。会上，诸位诗词界权威盛赞《长白山诗词选》的辑笺和出版发行。丁芒先生着重谈了《长白山诗词选》的史学意义。梁东先生说："白山市委能从历史文化遗产中吸取力量，从几千年历史中展望未来，难能可贵。"刘征先生说："张福有同志辑笺《长白山诗词选》的出版，为繁荣中华诗词做出了不可磨灭的贡献。"周笃文先生说："词的源头可以追溯到《纪辽东》。《长白山诗词选》收录了隋炀帝和王胄的《纪辽东》，既是对长白山文化的贡献，也是对中华诗词的贡献。"杨金亭先生说："随着《长白山诗词选》的出版，呼唤长白山诗派的出现。《长白山诗词选》的出版，不仅是张福有同志对长白山文化的贡献，对繁荣中华诗词也做出了不可磨灭的贡献。这部书的问世，为研究长白山文化在中华文化中的个性与特色，提供了资料。这对于建设长白山诗派，很有益处。现在，全国的诗词创作空前活跃，不足之处是缺少诗派，或者说，有的流派还在形成之中。随着《长白山诗词选》的出版，呼唤长白山诗派的出现。只有众多诗派形成之后，才能有真正的诗词的繁荣。"这都是十分难得、甚为宝贵的评价和建议。尤其是杨金亭先生的意见，对于我们吉林省的诗词创作，具有特别重要的指导意义。中华诗词学会这几位先生的重要讲话，均收录在2001年10月出版的《长白山诗词论说》一书中，由时代文艺出版社出版。

培育长白山诗词流派，最重要的是加强诗词建设。加强诗词建设，是一项宏大的事业，要将其作为事业来对待。要有事业心和责任感，在队伍建设、阵地建设、理论评论建设、风格流派建设等方面取得突破。就此问题，我们抓了三十年，大致分为三个阶段：

第一个阶段是前十年。从1987年5月15日吉林省诗词学会成立，到1998年9月8日全国第三次长白山文化研讨会暨《长白山诗词选》首发式的举办。这十年多，主要是打基础，从组织上做准备和铺垫。长白山诗社几位社长特别是文中俊先生，做了很多工作。这十年多，虽然没有明确吉林的诗词发展要以什么为目标和主攻方向，但加强队伍建设、办好《长白山诗词》，传承旧体诗词、发展和繁荣诗词创作等方面，是明确的，而且是非常重要的。这是打基础的阶段。

第二个阶段是中十年。从1998年9月8日到2008年9月12日，即从全国第三次长白山文化研讨会暨《长白山诗词选》首发式起，到吉林省诗词学会第二次会员代表大会的召开。主要目标是深入挖掘长白山诗词的历史底蕴，建立、健全各级诗词组织。

长白山诗词底蕴深厚，从《诗经》的“大东”“追”“貊”“商”，到词的源头《纪辽东》；从汉、魏、晋、唐、宋，到辽、金、元、明、清，长白山诗词源远流长，而且有优秀的传世作品。隋炀帝的《纪辽东》，唐太宗的《辽城望月》，李白的《高句丽》《送王孝廉覲省》，张元幹的《念奴娇》，萧太后的《秋猎》，王寂的《渡辽》，赵秉文的《长白山行》，刘敏中的《卜算子·长白山中作》，朱元璋的《鸭绿江》，康熙的《望祀长白山》《柳条边望月》《松花江放船歌》等，吴兆骞的《长白山》《长白山赋》，乾隆的《驻跸吉林境望叩长白山》《望祭长白山》《吉林览古杂咏》《吉林土风杂咏十二首》等，张凤台的《赠刘建封》，刘建封的《白山纪咏》等，十分珍贵，不可多得。尤其是“三吴”——吴兆骞、吴大澂、吴禄贞，二沈——沈承瑞、沈兆禔，“吉林三杰”——成多禄、宋小濂、徐鼐霖，在长白山诗派中都堪称独树一帜，成就斐然。

《长白山诗词选》出版之后，我又陆续查找到一些与长白山直接有关的诗词。如，从金代王寂的《张子固奉命封册长白山回以诗送之》七律中可知，金代是派张子固到长白山北的神庙即安图“宝马城”封册长白山神为“开天宏圣帝”的。此事，《金史》中无记载，是以诗证史的典型例证。2009年，我将王寂这首七律收录进《长白山池南撷韵》一书，由吉林人民出版社出版。从王寂《鸡儿花》的五律中，可知他在信州偏脸城中的大明寺住过。曹雪芹的祖父曹寅，随康熙东巡到过吉林，有词《满江红·乌拉江看雨》，可谓坚证。吴大澂在《皇华纪程》中留下很多诗词，一路上在吉林境内吃住过好多地方。其实，他在第一次奉使吉林时（光绪六年腊月十五晚）就住在敦化官地镇岗子村，当时叫通沟镇，通沟驿站就是吴大澂增设的。通沟驿站的位置，与现在的通沟书院紧相比邻，仅距几十米。这都是不可多得的力作和掌故。这些长白山诗词作品，奠定了长白山诗词流派的根基。这是一笔非常宝贵的精神文化遗产。

我们要培育、建设长白山诗词流派，首先要深刻认识古人这些长白山诗词作品的重要价值，从中汲取养分，才能将其很好地传承下去。全省多数市州和有条件的县市区，都建立了诗词组织。2001年，由翟志国选编的《长白山诗词精选》，收录了《长白山诗词》自1985年创刊到2000年十五年间的诗词精品，正式出版。2003年出版的拙著《一剪梅情缘》，事由李克谦先生发端，俞平伯之子俞润民、陈煦伉俪热心助力，欧阳中石先生题写书名，严迪昌先生作序，全国近三百位诗人参与，感动了全国诗词界，其中的主要文章被收入《中华诗词年鉴》。

《长白山诗词选》出版以后，得到书法家的高度重视。徐邦家先生率先书写，出版专著。全省很多县市的县志、市志中，选入与当地有关的长白山诗词。吉林省地方志办公室又让我从志书里的诗词中，选收《志咏长白》等一百首，专门出版。《长白山诗词百韵》，是根据蒋力华先生的提议，由我从《长白山诗词选》中选录的。这一百首诗词，周至清代六十首，民国十首，当代三十首。书已出版，书法作品还举办了展览。

第三个阶段是后十年。从2008年9月13日到2018年4月4日，即从吉林省诗词学会第二次会员代表大会的召开起，到这次编辑的“长白山诗派丛书”书稿送交时代文艺出版社。

2008年9月13日，我们召开了吉林省诗词学会第二次会员代表大会。经会长办公会讨论、张岳琦会长审定，我在报告中提出“发展振兴我省诗词事业，培育、建设长白山诗词流派，使之进一步融入全国诗词由复兴走向繁荣的大潮”的五项主要工作任务：一是，扩大诗词队伍，加强组织建设；二是，提高创作质量，办好《长白山诗词》；三是，深入生活，深入实际，多创作关心时事、反映现实、感悟人生的作品，使之成为诗词创作的主流；四是，加强对外交流；五是，与时俱进，积极开发电子网络传媒中的诗词活动。其中主要是通过大规模采风创作，锻炼、提高队伍，坚持出版大型主题诗词集。这期间，在集安、长白山池南区、江源、通化县、公主岭、白城、农安、辉南、珲春、图们、梅河口、通榆、长白山池北区、四平、东丰、吉林市龙潭区江密峰镇、敦化等地举办的诗词采风和诗词活动中，我们都反复强调培育、建设长白山诗词流派这一重要工作，形成共识，齐心协力地抓落实，见到显著成效。

2010年3月21日，中华诗词学会顾问、《中华诗词》主编杨金亭先生在我省农安诗人叶宝林的诗词研讨会上高兴地说：“可以说，长白山诗词流派，现在已经初步形成。”这是杨金亭等先生对吉林和东北诗词事业的充分肯定。

三十年间，我们主要做了以下工作：

一是，连续组织大型采风活动。

1. 2005年4月23—24日，关东诗阵第一届年会暨杏花诗会在白城市召开。

2. 2006年，关东诗阵年会暨百家诗人咏黄龙活动于7月12—13日在黄龙府农安召开。

3. 2007年4月29日—5月2日，在集安召开年会，著名诗人熊东遨、包德珍、韩林坤、张驰参加。出版采风诗集《历代诗人咏集安》。

4. 2008年3月16日，由耐寂轩主主编的《长白山诗词》刊发《关东诗阵专号》，共收关东作者一百三十余人，近五百首作品。

5. 2008年9月5—7日，由长白山池南区管委会、关东诗阵联办的“长白山池南颂采风之旅暨关东诗阵2008年年会”在长白山池南区召开。出版采风诗集《长白山池南撷韵》。

6. 2009年3月23日，在中共吉林省委宣传部的大力支持下，召开了《长白山池南撷韵》出版座谈会，来自吉林、黑龙江等地的六十多位作者代表出席。

7. 2009年6月12—14日，在公主岭市举办“公主岭诗乡之旅暨关东诗阵2009年年会”，著名诗人熊东遨、李枝葱参加。出版采风诗集《公主岭风韵》。

8. 2009年7月，通化县“酒海溢香”诗会。出版采风诗集《酒海溢香》。

9. 2009年9月28—30日，由白山市江源区、中华诗词论坛、吉林省诗词学会、长白山文化研究会主办，中共白山市江源区委宣传部、关东诗阵、江源区文化旅游局承办的“江源毓秀金秋采风”活动暨《百年苦旅》首发仪式、庆祝关东诗阵成立五周年大会在江源区举行，包德珍、张驰再度参加。出版采风诗集《江源毓秀》。

10. 2010年5月，举办白城杏花诗会，熊东遨、钱明锵参加。

11. 2010年7月6日，在辉南玛珥湖山庄举办“当代诗人咏辉南龙湾采风行”活动。出版采风诗集《当代诗人咏辉南》。

12. 2010年9月11日，农安诗会暨关东诗阵2010年年会。出版《黄龙逸韵》。

13. 2011年6月，再次组织通化县采风活动，召开关东诗阵2011年年会。出版采风诗集《诗人走进通化县》。

14. 2011年8月，《图们江放歌》出版。8月19日—21日，在图们市朝鲜族百年部落举行首发式，三十位诗友聚集一堂，围绕《图们江放歌》出版发行的历史意义、文化价值、培育长白山诗词流派等问题开展研讨。

15. 2011年12月，《辛卯开岁联唱集》出版。

16. 2012年7月20—22日，梅河口采风活动，召开关东诗阵2012年年会。采风作品收入《梅津汇律》《海龙吟》。

17. 2012年9月22—23日，《珲春韵汇》《延边礼赞》出版，为延边设州六十周年献上厚礼。

18. 2013年8月5—6日，通榆向海采风活动，召开关东诗阵2013年年会。出版采风诗集《鹤乡雅韵》。

19. 2014年5月28日，中共四平市铁东区委、区政府和四平市诗词学会，共同举办“纪念纳兰性德诞辰三百六十周年端午诗会”，吉林省诗词学会参加活动。

20. 2014年7月4—6日，《诗情画意鹿乡行》采风启动仪式在东丰县举行。“中华诗词论坛·关东诗阵”的主力五十位诗友参加采风，召开关东诗阵2014年年会。12月31日，中共东丰县委、县政府隆重召开《诗情画意鹿乡行》首发式，有七百多人参加。

21. 2014年8月28日，中华诗词学会主办的“寻梦纳兰性德祖地，走进诗情画意四平”诗词研讨会在四平市铁东区叶赫大架山晨亮会馆举行。全国诗人走进四平，省诗词学会大力支持。四平市诗词学会为了宣传纳兰性德祖居地，研究纳兰性德诗词，还举办了纳兰性德诗词大讲堂。

22. 2015年12月18—21日，“纪念刘建封诞辰一百五十周年长白山诗会”在长白山一山一蓝生态主题酒店举行。诗词中国组委会代表、中国出版集团中版文化传播公司总经理助理沈昊，向“诗词中国创作基地定点合作单位”一山一蓝生态主题酒店、长白山历史文化园授牌。2015年度关东诗阵年会召开。会后结集出版《韵补东荒》。

23. 2016年9月23—25日，吉林省诗词学会组织东北三省部分诗人在吉林市龙潭区江密峰镇采风。“精彩龙潭”诗词座谈会暨关东诗阵2016年年会在龙潭区档案馆召开。关东诗阵九名版主参加了这次活动。

24. 2017年4月29日—5月1日，“敖东绮韵”关东诗阵2017年年会在敦化举行。敦化市诗词学会和通沟书院于亚茹院长给以大力支持。

关东诗阵的年度采风，得到了吉林省委原书记王云坤的高度重视和鼎力支持，多次题写书名，得利了吉林省政协原主席、中华诗词学会顾问、省诗词学会老会长张岳琦和中共吉林省委原副书记、省诗词学会顾问唐宪强的大力支持。只要能脱开身，他们都尽量到采风市县参加活动。平时，也帮助省诗词学会解决不少难题。吴文昌同志曾任中共吉林省委组织部副部长、吉林省人事厅厅长等职，出任“中华诗词论坛·关东诗阵”首版助理，帮助论坛把关定向，做了很多重要工作。个人出版有《临清集》《俯仰集》等三本诗集。聂德祥同志退休前任吉林省诗词学会副会长，是学会资历最深的副会长，出版有《试剑集》和《虎啸集》，积累了大量资料和诗词档案，为学会的建设做了很多工作。在每年诗词采风之后的编书工作中，副会长翟志国的从严把关让人记忆犹新。出力最多的是副会长温瑞，眼明手快，加快了进度，保证了质量。副会长邵红霞和关东诗阵首版助理高丰清多次参与编书。除了采风之外，我们还根据中华诗词学会的部署，编辑出版了《中华诗词文库·吉林诗词卷》，堪称是对长白山诗词流派建设成果的一次集中检阅。我们还根据中华诗词学会的部署，编辑了《当代中华诗词集成·吉林卷》。

二是，坚持办好《长白山诗词》，出版具有地域特色的诗词作品集。《长白山诗词》，有国内外公开刊号，张岳琦主席提出明确的办刊理念：“扎传统之根，开时代之花，育佳作之林，建诗友之家。”双月刊，现已出刊一百四十八期。

在采风之后正式出版的大型主题诗集之外，我们还编辑出版了《香远溢清》《百年苦旅（诗贺）》《戍楼浩咏》《人民警察颂》《法书吟鉴（诗贺）》《李元才书法集（诗贺）》《白山纪咏》《雪域情怀》《纪辽东》《辛卯开岁联唱集》《松花玉咏》《长白山黑陶》《公主岭玉米之乡》《吴景升文集（诗贺）》等诗集。九台、德惠、农安及白山、集安、通化县等地，都有固定的诗词刊物和诗集出版。真可谓硕果累累，被中华诗词论坛张驰先生称为“关东诗阵现象”“吉林诗词现象”，被周笃文先生誉为“关东铁军”。

关东诗阵的历任首版及版主，无偿做了大量工作。《关东诗阵·精华卷》，从2004年10月，到2018年3月，共有一百六十二卷，收录精华诗词曲一万零五百八十五首（篇）。其中，诗七千三百一十首，词三百一十六首，曲九十五首，赋四篇，楹联十五副。吉林省诗词建设成就斐然，与长白山诗社序列在吉林省政协有直接关系。三十多年前，中共吉林省委强晓初书记大力支持成立长白山诗社和省诗词学会，诗社有编制、有经费、有公开正式刊号。张岳琦主席等吉林省政协主要领导继续大力支持，使得吉林的诗词事业不断发展。

在近十一年由吉林人民出版社等出版的二十多本大型主题诗集中，有诗词三万多首，其中约有两万首是相对集中写长白山的诗词作品。这是长白山诗词流派的重要内容和代表作。采风所得的丰富作品与大家平时创作的作品，构成“长白山诗派丛书”的坚实基础。出版《会意天风合律鸣》等八本诗词专辑的中共吉林省委宣传部原常务副部长、省诗词学会副会长蒋力华同志，对长白山诗词创作取得的这些丰硕成果，由衷地高兴，指出：建设“诗域吉林”，已经初见成效。

三是，重在培养提高创作队伍。吉林省内多数市州县区，都有诗词组织和刊物。很多诗人都出版了自己的诗词专辑，有的出版过多本。白城“四匹狼”、德惠“三花一剑”、磐石“草堂八友”、“佟江七子”、“通化八拙”等，名传省外。李容艳、陈淑艳等诗友将关东诗阵每年一度的采风创作称之为“拉练”。每次“拉练”，关东诗阵都是主力。以《长白山池南撷韵》为例，本书作者来自全国二十三个省、市、区一百九十八人，其中，东北三省九十八人，占近百分之五十。在东北三省的九十八人中，吉林省八十一人，占百分之八十二点七。在中华诗词学会举办的六届

“华夏诗词奖”中，先后有邵红霞、奚晓琳、张文学获一等奖，翟志国、于德水、褚艳芳、寇彦龙、李红光、赵丽萍、李振平获二等奖，刘庆霖、陈旭、吴菲、边郁忠、张彦、于海凤、吴文昌、田子馥、宋轼霖、张英玉、张景芳、叶剑波、冯振江、房爱广获优秀奖。其他奖项吉林诗人就更多了。

被诗词界誉为“诗坛铁军”的这支队伍，招之即来，来之能咏。人民出版社出版的《呼唤》，中华诗词学会第四次会员代表大会的志贺诗《蟹岛唱和集》，近三年恭王府的《海棠雅集》，在很短的时间内，我在大家的支持下，均约提供了二分之一的作者、三分之二的作品。

四是，积极争取发展繁荣长白山文化、长白山诗词进入吉林全省工作决策中。根据我们的建议，长白山文化建设包括长白山诗词建设，陆续被写入省党代会报告、省委全会的决议和省政府、省政协的工作报告中，写入省委常委会、省政协的年度工作要点中，真正进入全省的工作决策。这是前所未有的重大转变，标志着长白山文化、长白山诗词建设，已经由研究层面，进入到实施层面，意义重大，影响深远。这一重大转变的时点，恰逢长白山得名一千周年之际。据《辽史》记载，辽圣宗统和三十年（1012年），“长白山三十部女直乞授爵秩”，并有“长白山女直国大王府”“鸭绿江女直大王府”之说。女直即女真，因为避辽兴宗耶律宗真之讳，辽改女真为女直。在长白山得名一千周年之际，吉林省政协于2012年6月27日，在省宾馆成功地举办了长白山文化发展论坛，机遇巧合，意义殊深。时任省政协主席、后为省长、现为省委书记的巴音朝鲁主持会议，时任全国政协副主席孙家正到会做重要讲话，省政协副主席任凤霞主持第二阶段论坛，省政协书画院院长、省诗词学会副会长蒋力华具体负责筹备这次长白山文化发展论坛。著名学者余秋雨先生和我发表主旨演讲。我的讲演的重要内容，就是阐述长白山文化是代表吉林文化的标志性符号，长白山诗词是长白山文化的精粹，介绍长白山诗词流派的重要成果。

五是，凭借网络、手机等现代传媒手段，开展全国联动唱和。吉林省诗词学会与中华诗词论坛合办关东诗阵。有了这个平台，堪称如虎添翼。正是利用这一平台，从2005年开始，我发起了贺春唱和。每年从腊月廿三“小年”开始，到次年正月十五结束，开展同韵贺春唱和，成为当代中华诗词的一道靓丽风景。2011年春节，由沈鹏、周笃文、张福有、张岳琦四家发起辛卯开岁联唱，在内地及港澳台地区引起了热烈反响，上万名诗歌爱好者上网参与，以祈福祖国、讴歌时代和歌唱生活为主题的联唱，为新春佳节增添了浓郁的中国传统文化气息。仅半个月时间，高筑吟楼八百九十九楼，点击一万三千多人次，参与唱和的诗人遍布内地三十一个省、市、自治区、直辖市和香港、澳门特别行政区以及台湾地区。这是2005年春节以来贺春的高潮，内地三十一个省、市、区和港、澳、台地区三百多位诗人参与和诗，共得同韵和诗三百八十三首，陕西旅游出版社出版了《辛卯开岁联唱集》，《人民日报》2011年11月22日做了报道。2011年，张岳琦主席的“先”韵和我的“芳”韵唱和，仅半月时间，有近千人参加，加上步四家联韵，三韵共收和诗一千二百三十首，盛况空前，史无前例。周笃文先生盛赞曰：“真昭代祥瑞也！”“功德无量！”

2012年春节，更是高潮迭起。初一漏夜，书坛泰斗沈鹏先生以手机发给我七律的首联。我即转给周笃文先生得续颔联，返我后又接成颈联发给张岳琦先生，足成一律。我将其发至网上，并提示诗友云：为客岁四家联唱之继响也，不啻当今吟坛又一雅事。

从2005年乙酉到2016年丙申，地支满一轮，历经十二年，得内地三十一个省、市、区一千二百四十多位诗人响应，共得贺春和诗四千二百多首。2016年，我们悉遵蒋力华君雅意，以《长白山诗词》2016年增刊形式，编辑出版了《春韵满神州——十二年贺春唱和集》，收录一千二百四十余位作者两千六百多首诗。2017年和2018年，又收到一千余首同韵和诗。每年春节的贺春活动，都迅即传播到很多网站。贺春主题帖成为全国诗词界目前吟楼最高（超千层）、人气最旺（过万点）的热帖。广大网友评价，网上和诗迎春，堪称一个创举。这些活动的成功，发起者因势利导，组织者既是诗人，同时又能亲自上网。张岳琦同志和周笃文先生每天都亲自上网看稿，发现情况，随时沟通协调。在和诗过一百首、二百首、三百首、五百首之后，我们相继依原韵作诗感谢诗友。春节期间，我每天都在网上工作十六个小时左右，一千多楼的跟帖，除极个别者外，每帖必回，好的给以鼓励，致以谢意；遇有出律的和需要修改的，提出意见和建议，有的还要反复多次才能定稿并不断编帖。讨论中，充分发扬学术民主，尊重作者意见。同时面对近千名作者，我都通过论坛短信、电子邮箱和手机，及时掌握作者的姓名、地址、邮编、电话，建立通讯录，出书后，给作者寄书。

大量艰苦细致的工作，赢得了广大诗友的敬意和感佩。2011年春节，安徽诗人胡宁在回帖中写道："什么叫精气神？什么叫凝聚力？"张岳琦先生在给我的短信中写道："联句唱和，蔚为壮观。此乃今年诗坛特有的盛事！工作浩繁，完全是奉献。"周笃文先生称赞道："开岁诗联唱活动形成了一种新的网络文化现象，在互联网飞速发展并影响着人们生活的今天，还有这么一群诗歌爱好者拥有着健康向上浪漫诗意的过年方式，堪称诗坛铁军，真是奇迹！"并致信于我："爱兄之骆驼精神，诗坛殆罕其匹也！"周笃文先生欣慰地说："这次活动还是一次成功的探索，它激活传统，继雅开新；网络诗文，表现当代。"

每年网上贺春结束后，我都在蒋力华的支持下，选二三十首精品佳作转给《吉林日报》刊发，《长白山诗词》也选发百八十首，做到网刊互动。

2018年的贺春活动，共收到和诗四百五十多首。《长白山日报》以三个版的篇幅，刊发一百五十首。《协商新报》刊发五十首，《城市晚报》刊发三十六首，《长白山诗词》第3期刊发一百二十首。

六是，创立新词牌，精心创作继雅开新的标志性作品。马凯先生提出“求正容变”，周笃文先生提出“继雅开新”，深有见地。就此，我们做了一些探索。

（一）规范《纪辽东》词谱，三年多全国有二十八个省、市、区三百多位诗人创作《纪辽东》四千多首。隋炀帝，即杨广（569—618），首创《纪辽东》，堪称不朽。大业八年（612年），隋炀帝伐高句丽，渡辽水，大战于东岸，并作《纪辽东》。其中“轻歌凯捷丸都水”句，“丸都水”在《全汉三国晋南北朝诗》《隋书》和《奉天通志》中均作“九都水”，乃误。我在辑笺《长白山诗词选》时将其订正为“丸都水”。“丸都”，系高句丽都城国内城的守备城——丸都山城，在今吉林省集安市城西北二点五公里处。而九都，于历史、地理等方面均不确。“丸都水”，确指应为丸都山城下的通沟河。通沟，亦称豆谷、洞沟。1998年9月8日，时任中华诗词学会副会长兼秘书长周笃文先生指出，根据任半塘先生的论断，隋炀帝和王胄的《纪辽东》，当是词的源头。之后，周笃文先生还给我转来任半塘先生论及曲辞起源应始自隋代之大札，征引旁博，确凿不移。任半塘先生的论断是可信的。宋词源于唐曲子，唐曲子自燕乐出，实始于隋。这就将词起源于晚唐、中唐之说，又向前推进了。宋人郭茂倩明确指出：“《纪辽东》，隋炀帝所作也。”即录以冠“近代曲辞”。龙沐勋肯定《纪辽东》“为倚声制词之祖”，“为词体之所托始”，这应当是不争之定说。隋炀帝的《纪辽东》，传到敦煌莫高窟中，以《求因果》为名，有四十五首。之后，两宋、金、明、清历代，都不乏类似《纪辽东》的词作，只是调以《武陵春》《贺圣朝》《导引》《祝英台》《双头莲令》《隔溪梅引》《阮郎归》变格等别名。这些词牌及作品与《求因果》《纪辽东》在体式上的联系在于“七五为章”，上下两片，四十八个字；差异在于平仄、韵脚变化增多且不换韵。词之源头，是隋炀帝的《纪辽东》。《纪辽东》，开长白山诗词之先河。词的源头能与世界文化遗产吉林集安之丸都山城乃至长白山文化相连，实为中华诗词发展史上之佳趣，更是长白山文化、长白山诗词、集安文苑中不可多得之瑰宝。2009年秋，我借《江源毓秀》创作之机，依隋词体格，作七言五言，双调联章，边创作边作规范平仄与用韵。以七律格式为底本，对于五言句，减偶数句七言句前二字。共得四种格式，就首句末二字论，有平平脚、仄平脚、平仄脚、仄仄脚四种，兼有些许变化。平仄粘对同律，词性不用对仗。仄平脚句要防孤平，可用拗救。此外，一三五不论，二四六分明。平收，均用平韵。仄收，同韵部叶仄，也可不叶。拙文在《长白山诗词》2009年第6期和“中华诗词论坛·关东诗阵”发出之后，立即得到周笃文先生的鼎力支持，挤出宝贵时间惠赐《贺〈纪辽东〉词谱问世寄张福有并序》，誉之为：“《纪辽东》词谱得福有兄悉心整理，厘定四格并亲制六组二十四阕，以为发凡起例。此大功德也，堪称不负平生之名山事业。”《中华诗词》2010年第8期，刊登了拙文《规范词谱传承〈纪辽东〉》。2010年9月25日，我在全国第二十四届（浙江乐清）中华诗词暨夏承焘、吴鹭山学术研讨会上宣读了《规范词谱传承〈纪辽东〉》的论文，此后，又上来一些作品。至此，可以说我们传承《纪辽东》的初衷完全得以实现。2011年4月，吉林人民出版社出版的《纪辽东》专辑，收录《纪辽东》一千八百一十五首。当隋炀帝初征高句丽、创作《纪辽东》一千四百周年之际，《纪辽东》突破四千首。仅蒋力华一人，就创作《纪辽东》四百多首，出版《纪辽东》专辑《天风直引大荒边》。李容艳以刘建封与拙斋的六十首《白山纪咏》为题材，一气呵成专题纪咏《纪辽东》六十首。繁荣《纪辽东》，以慰先贤，期启后世，已成现实。

（二）张文学创《玉甸凉》词体。《纪辽东》是整理古词，规范词谱所得。纯属吉林诗人自创词谱，近年有《玉甸凉》《一剪梅引》《海龙吟》。2007年，吉林省诗词学会副会长张文学先生草创《玉甸凉》，当时自度一曲，因词中有“玉甸生凉”，长春女诗人吴菲建议以《玉甸凉》名之。温瑞等整理了《玉甸凉》词谱，遂得一百九十四首《玉甸凉》作品。后来得知《新修康熙词谱》中有《玉簟凉》，音同意别格异，乃一趣也。

（三）赵光泽自度词，我帮其修改并制《一剪梅引》词谱，得佳作二百八十多首。2010年7月23日，我们与通化市诗词学会和辉南县诗词学会共同组织了“当代诗人咏辉南”采风创作活动。辉南县诗词学会会长赵光泽等自度一曲《辉发怀古》，在括号中标明：“自度，无名，请养根斋斧正赐谱为盼。”初稿共十句，一百零四字。我当时正在图们市参加“图们江文化研讨会”，起早试改并制谱。这个谱十分好记，就是将《一剪梅》在七字句前加一相对的七言律句，并作为一片。再重复一片，即为全词。叠韵处，可以不用叠韵，而选用“红了樱桃，绿了芭蕉”式的对偶韵句。但韵脚过密会给创作增加难度。第一个四字句不押韵亦可，如“燕子回时，独上西楼”。通过网上讨论，温瑞整理了六式词谱，迅即掀起创作热潮，辉南采风期间，创作三百多首《一剪梅引》，《当代诗人咏辉南》一书中选编二百二十多首。2010年，在侯振和先生建议下，又收到《一剪梅引》近百首，《图们江放歌》一书中选编六十六首。这两部诗集所收三百首《一剪梅引》，多为精品。

（四）我创《海龙吟》词谱，出版专辑。2012年夏日，为商定梅河口采风暨中华诗词论坛成立十周年事，我三下梅河口。市政协及市诗词学会遵市委领导同志意见，高度重视，精心设计，诸多要项、细节，日渐清晰。王志明兄提示，江源采风，《纪辽东》兴；辉南与图们采风，《一剪梅引》新牌创立得获颇丰。梅河口采风，亦应有所标记。李延平录白万金考乾隆诗《海兰河屯有序》予拙斋，得知“海兰霍吞”即“海兰河屯”。此地多生榆树，故民间称为榆城。遂认同“海龙”当为“海兰”之异写。读罢取其题与序中“海”字、诗文中“龙”字，亦恰合梅河口市旧名海龙县，又近词牌《水龙吟》，故作《海龙吟》，双调小令，四十二字，四仄韵，上下片六言句，宜用对仗。结，五字句，宜去声一字领，上一下四。

主要句式，从《水龙吟》中析出，求其简便。有了词谱，我先抛砖，率作二十六首《海龙吟》。梅河口采风期间，共收到《海龙吟》一千五百多首，选编一千二百三十四首，在吉林人民出版社出版了《海龙吟》专辑。

长白山文化是古老的，长白山诗词的传承是全新的。我们比较注意防止对长白山文化、长白山诗词的误解与误导。针对“东陲无文”“长白山没有文化”之类的片面认识，多做一些说明和介绍。特别是利用我们在考古田野调查中的新发现，深化对东北史和长白山区开发史、长白山诗词发展史的研究。

2014年10月20日8时31分，我在抚松发现枫林遗址和长白山手斧。手斧是打制的，是旧石器概念。据吉林大学教授、中国考古学会旧石器专业委员会副主任陈全家先生鉴定，长白山手斧距今约五万年，石斧是磨制的，是新石器概念。手斧是人类第一次懂得对称美、掌握对称艺术制成的生产劳动工具。2015年7月7日下午4时29分，我在抚松漫江发现长白山石磬，后经专家鉴定，将其定名为“长白山石磬1号”，一磬双音，小三度，应是新石器时代的打击乐器。原始人的诗性思维，与长白山人的诗意创造，在一开始就浑然一体！因而，诗意长白，是长白山人伟大的历史创举和不朽杰作。长白山手斧与长白山石磬，本身就是绝妙的史前诗。

我们今天所用“长白山诗派”这个概念，有其特定的含义。长白山雄伟壮丽的自然景观，是诗词创作的不竭源泉；深厚的历史文化底蕴，是诗词创作的牢固根基；反映长白山文化建设的成果，是诗词创作的重要题材；保护长白山生态、发展长白山文化产业的需求，是诗词创作的持久动力。这些方面，是对长白山诗派的直观诠释和诗意表达。

近些年来，我们在长白县发现战国时赵国的积坛，连同此前曾在长白县八道沟发现赵国蔺相如的青铜戈，考证在集安阳岔发现的赵国阳安君李跻的青铜短剑，在集安的良民发现公元247年东川王所筑高句丽的第一个平壤城，考证辽源龙首山城一带是扶余的后期王城，燕秦汉长城到了吉林境内，《史记》中的“筑障塞”，《汉书》中的“起营塞”，通化平岗山祭坛和敦化官地岗子遗址、岗子类型的全新发现，为寻找燕赵文化东进、汉代郡县和史书中的挹娄、靺鞨白山部及渤海国东牟山，开拓了全新的视野。考古田野调查为长白山文化研究和长白山诗词创作，提出了很多新课题。围绕这些新发现，诗人写了很多诗词，经常在《长白山诗词》上发专栏，在“关东诗阵文库”中建专题。通过诗词创作，积累以诗证史的资料，进而认清这些新发现和新研究成果的重大历史文化价值，这对于正确揭示长白山地区的开发史、提升东北文化软实力，具有重要意义。

所谓长白山诗词，是指描写长白山景物与风土人情的旧体诗词。古今中外，有关长白山的诗词是大量的。长白山诗派的成果，是诗意长白的创作载体和诗化结晶。

长白山诗词流派是历史形成的。从唐宋到辽金，从元明到清，特别是有清一代，长白山诗词十分丰富。纳兰性德，祖籍四平叶赫，其词被称为“北宋以来，一人而已”。著有《东海渔歌》的清代女词家顾春，祖籍汪清，其祖父鄂昌是雍正朝权臣大学士鄂尔太之侄，词名远播。二人被誉“男有成容若，女有太清春”，这二人堪称长白山诗词流派的重要代表。《白山诗介》是乾隆、嘉庆年间由铁保编纂的诗集，共十卷。清代，八旗文人把诗词作品辑成总集，均在题目上冠以“白山”二字。除《白山诗介》外，还有三部：雍正年间由伊福纳编纂的《白山诗钞》，四十余卷；乾隆初由卓其图编纂的《白山诗存》（卷数未清）；光绪、宣统之际，由杨钟羲编纂的《白山词介》五卷。这些汇辑满族诗人的诗词集，均用“白山”来冠名，已经被称为“白山文学流派”。还有《白山诗草》，程湞著。还有《长白山诗》，作者均为满洲已故之人。铁保编著《熙朝雅颂集》的前半部，全是白山诗选。《大东景运集》亦为铁保所辑，收近二百家满族诗人作品，分立小传，标明诗之源流。还有流放宁古塔的清代流人诗，多有佳作、力作。惜目前所见对于清诗流派的研究专著，无涉长白诗派。对于当代长白山诗词，有的研究专著也未置一词，不免遗憾。

长白山诗派，是从历史上白山文学流派中析出之一支。长白山诗词作品的风格，向以“拙、重、大”为标志。王寂在金朝鼎盛时期，以诗词考得进士，以文章政事显称于世。其诗诸如“按辔澄清须我辈，据鞍矍铄奈吾身”，不掩舍我其谁之志；“只凭忠信行蛮貊，岂有文章动鬼神”，毫无委曲求全之音。其诗文清刻镵露，博大疏放，是金代“国朝文派”的代表性人物，其特征是具有“质朴贞刚”的文化气质。此论堪称定评。这一“质朴贞刚”的文化气质，到有清一代，大家林立。吴兆骞的“长白雄东北，嵯峨俯塞州”，“白雪横千嶂，青天泻二流”，沈承瑞的“龙形蟠大野，云气撼沧溟”，“混同天一色，长白雪千堆”，“吉林三杰”翘楚成多禄的“断垒十重摇树色，大江三面走秋声。老来别有兴亡感，不向西风诉不平”均堪称代表作。这类作品，铿锵有力，远胜咿呀软语。今人张文学的“纵使八千岁，也入大荒东”“乔岳巍巍何太白，披甲傲苍穹”“湛湛天池清虚砚，愿将吾、砚尽俱成墨。大写意，忘情泼”，毫无酸腐气，脍炙人口。他的《水调歌头》《金缕曲》，皆以豪放著称，首首俱佳，几乎成品牌。古往今来的一大批诗人、一大批作品，均可列出一大批佳作。加之状写长白山土产、风情、史典、田园的诗、词、曲，乾隆以降，代不乏人，迄今可举黄龙府刘庆霖、东辽温瑞、边台聂德祥以及丸都、梅津、柳河、大东、公主岭乃至辽海、黑水等诸家例证。

不难看出，从金代的“国朝文派”到清代的“白山学派”，逻至今之长白山诗派，一脉相承。长白山诗派，是从历史上的“国朝文派”“白山学派”延续而来的，还将继续发展，不断壮大、完善。

对于长白山诗派，近年来陆续有一些研究论文发表：

蒋力华：《研究长白山文化　弘扬长白山精神》，《社会科学战线》1994年第6期。

张福有：《诗吟长白二千年》，《学问》2001年第1期。

张福有：《长白山诗词探源》，《学问》2001年第6期。

张福有：《试论长白山诗词及其流派》，《学问·东北史地》2004年第11期。

张福有：《长白山文化述要》，《长白学刊》2007年第5期。

赵丽萍：《解读长白山文化的恢宏卷帙——关于〈百年苦旅〉话题》，2012年5月10日《吉林日报》；《韵补东荒》，吉林文史出版社，2018年3月出版。

李容艳：《长白山诗词流派的重要使命》，2012年8月16日《吉林日报》。

王景珍：《日益壮大的长白山诗词流派》，2012年9月13日《吉林日报》。

张英玉：《试谈〈纪辽东〉对长白山诗歌流派的传承意义》，2012年11月1日，《吉林省第七次长白山文化研讨会论文集》。

贾维姝：《从长白山诗词流派看长白山文化的包容性》，2012年11月1日，《吉林省第七次长白山文化研讨会论文集》。

赵凌坤：《长白山诗词流派对长白山文化的历史贡献》，2012年11月1日，《吉林省第七次长白山文化研讨会论文集》。

王丽珠：《长白山文化的核心价值》，2012年11月8日《吉林日报》。

沈鹏云：《长白山诗词：长白山文化的精粹》，2012年12月13日《吉林日报》。

张福有：《长白山诗词流派建设刍议》，《中华诗词》2014年第7期。

黄春华：《长白山诗词述论》，《社会科学战线》2015年第6期；《韵补东荒》，吉林文史出版社，2018年3月出版。

这套“长白山诗派丛书”，先由吉林省长白山文化研究会申请了“吉林省扶持优秀文艺作品专项资金”。这是贯彻落实《长白山文化建设规划纲要》和中共吉林省委长白山文化建设工作会议精神的一项实际措施。编辑出版“长白山诗派丛书”，旨在落实习近平新时代中国特色社会主义思想，加强长白山诗词流派建设，传承长白山文化，以诗词的形式弘扬长白山精神，巩固改革开放和文化建设的成果，增强文化自信，增强长白山文化与长白山诗词的生命力、影响力和感染力，以诗纪事，以诗化人，以诗证史，增加学术储备，提升国家和东北边疆软实力。

“长白山诗派丛书”的基本选题，主要围绕：史迹寻踪，关于写东北历史文化、历史事件、文物古迹、已故人物、英烈事迹等作品；情系山河，关于写东北山水、自然风光、冰雪雾凇等作品，酌收向海鹤、东北虎等自然物产作品；城乡焕彩，关于写东北城市建设、工商事业、新兴产业、农村建设、田园风光等作品；风土弥淳，关于东北风土民情、风俗习惯、民间文化等作品。包括松花石、梅花鹿等咏物作品，酌收日常生活、咏物作品；吟旅扬旌，关于长白山文化建设、关东诗阵、诗事活动、诗乡创建、诗友酬唱等作品。

“长白山诗派丛书”的体量，每本收录作品五百至一千五百首不等，视不同作者情况，可上下浮动。数量服从内容的质量。

在编排上，予以灵活处理，由作者自定。可以分类、分词牌等，也可以按时间顺序，亦可分类后仍以时间为序。丛书有总序、总跋，亦可有个序、后记。

在数量上和入选人员上，开始考虑按长白山天池、松花江、鸭绿江、图们江及牡丹江、浑江、东辽河、嫩江等为脉络，列出各水系的三百位诗人。每人一卷，计三百卷。这样做，诗派如流，形象直观。但因进度不一，难以操作。后来，协助时代文艺出版社向中共吉林省委宣传部申报了文化产业专项基金，2018年先出三十卷，以后视情况续出，争取出版一百卷。

编辑、出版“长白山诗派丛书”，前无古人，纯属开创先河。2018年3月15日，我们在吉林省政协同馨宾馆召开了在长会长（扩大）会议，决定正式启动“长白山诗派丛书”编辑工作，成立了编委会，仅在二十天中，就交齐第一批书稿。全部书稿，在6月底前交完，2019年出书。

2017年1月6日，习近平总书记在十八届中央纪委第七次全会上的重要讲话中指出，“依靠文化自信坚定理想信念”，“以文化自信支撑政治定力”。文化自信是文化定力和支撑力的基础。人生和社会，都不能以搞笑为支撑。宋人张耒写过：“支撑诽笑中，久乃化而靡。”至今读来，仍发人深省。文化支撑力是生命的灵魂。我国优秀的传统文化，培育和造就了历代知识分子自强不息的支撑力精神。唐诗中有牛僧孺的“地祇愁垫压，鳌足困支撑”诗句，宋词中有姚勉的“信天生英杰，正为国计；擎天著柱，要自支撑”的词句，元曲中有汪元亨的“梅出脱林逋，菊支撑陶令，鱼成就严陵”的曲句。这种支撑力精神，给我们以极大的鞭策。拙句中有“奥壤不咸名大东，支撑引领构时空”等。蒋力华君亦有“白发山中飘雪，崎岖健足支撑”的词句。时代虽不同，但这种崇尚自重自强、自力自撑的人文精神，是一脉相承的。诗意长白、诗梦长白、诗魂长白的支撑力精神，是一以贯之的。这是真正的洪荒之力！

长白山诗派所面对的，是长白山诗词的昨天、今天和明天。长白山诗派的昨天，应是刘建封所咏：“走过大荒三百里，居然此处有桃源。”长白山诗派的今天，许是拙斋所咏：“浪花不废难淘尽，始信东陲有奥文。”长白山诗派的明天，或是沈兆禔所咏：“莫谓鸡林少竹枝，才人塞上补新词。”

墨西哥人马里奥·谢赫楠有名言：“我们终于有机会面对神秘的过去，仿佛是进入梦一样的境界，一片需要我们去发掘、诠释、赞美和加以保护的活化石。”阿根廷女诗人阿方斯娜·斯托尔妮有名言：“我感到，陌生人，在你的存在里，我被延长。”叙利亚诗人阿多尼斯有名言：

“没有诗的未来是不值得期待的。”从这些来自域外的警言中，我们可获启迪。

今年是公元2018年。从今回溯两千年，是公元18年。《长白山诗词选》中第一位有确切作者名字的诗人是高句丽第二代王琉璃明王类利。他于公元18年辞世，至今正好两千年。类利所作《黄鸟歌》：“翩翩黄鸟，雌雄相依。念我之独，谁其与归。”完全是《诗经》风格的四言诗。这首诗，写于公元前17年，距今已二千零三十五年了。《黄鸟歌》能传下来，堪称奇迹！公元245年，亲征高句丽第十一代王东川王的三国魏将毌丘俭，班师后只写了两句诗《之辽东》：“忧责重山岳，谁能为我檐？”这里的“檐”，是“擔”即“担”。距今一千七百七十三年。收录本丛书的拙卷，约一千五百首诗词中，有四十六首含“忧责”一词，出现频率极高，不少诗友也都随我用过“忧责”一词。概因“忧责”一词被毌丘俭用过后，《后汉书》《晋书》等不时出现，这个古老的词汇并未消亡，表示“沉重的担子和责任”的“忧责”，已经成为长白山诗派中的一个标志性词汇，有其特殊意义。一千四百零六年前，隋炀帝作《纪辽东》，写道：“轻歌凯捷丸都水，归宴洛阳宫。”一千三百七十三年前，唐太宗李世民作《辽城望月》，写道：“驻跸俯丸都，停观妖氛灭。”丸都，是我的故乡。读着写故乡的古典诗词，怎能不动情？从今回溯一千二百五十六年前的公元762年，是诗仙李白辞世之年。李白的《高句丽》《送王孝廉觐省》，成为长白山诗词中的瑰宝。苏东坡的“人参”，陆游的“鸭绿江”，张元斡的“山拥鸡林，江澄鸭绿”，距今均在八九百年之间。从今回溯一千年，是公元1018年。当年，柳永三十八岁。他在《点绛唇·伤感》中写道：“辽鹤归来，故乡多少伤心地。”“辽鹤”，是长白山诗词中的著名典故。至今读来，倍感亲切。故乡情结，古今一也。陆游在诗中所写：“生计且支撑，小康何敢望？”如今，在习近平新时代中国特色社会主义思想指引下，全国全面决胜小康，胜利在即，我们怎能不心潮澎湃！

两千年啊，多么漫长！

两千年啊，又是多么短暂！

在类利、毌丘俭、隋炀帝、唐太宗、李白、柳永、苏东坡、陆游、张元幹、王寂、赵秉文、朱元璋、康熙、乾隆、吴兆骞、吴大澂等诸多先贤的眼里，我辈皆属陌生人。可是，对他们和他们的杰作，我们却并不陌生。所以，今天的诗词，有很多是留给我们的陌生人的。“一百卷前无处找，二千年后有人搜。”“忧责不期当世解，祸患为免后人罹。”对此，我坚信不疑。

文化自信，是一个国家和民族的“魂”与“根”。学诗、写诗，有助于把魂定稳、把根留住。昨天是神秘的。今天是需要很好把握的。明天是值得期待的。愿我们在不懈努力的拼搏奋斗中，使我们所创作的诗词如同长白山的山水林田、沙石草木一样，一起留给未来、留给陌生人。让我们共同期待吧！

“长白山诗派丛书”总序赘语

鸡林得韵纪春秋，底事山翁退不休。
一百卷前无处找，二千年后有人搜。
钻研词谱承杨广，细辨江声禀陆游。
诗境涵生长白梦，草根也为子孙留。

张福有

2018年5月17日于长春养根斋

序

诗词学会和关东诗阵的一些诗友，个个诗词写得好，又各有千秋。黄春华的诗词有个性色彩，可以把她的这部诗词选看做是诗化的心灵之歌。

春华作为历史学教授，在诗词作品中也表现出历史感和思想深度。明理，则思想深邃；言情，则感情真挚。相信读者会从她的这卷诗词中感觉得到。

好诗是性情的流露。不是简单的自然流露，却必须流露的自然。诚如王安石所说“看似寻常实奇崛，成如容易却艰辛”。所以，要想赋得好诗，实在不是一件容易的事。春华为此付出了艰辛的努力。

春华为诗宗唐，崇尚形象，注重诗味，讲求意境，不唯形式，重在内涵。喜欢深沉的思考，追求通过质朴的语言、简练的笔触诠释深邃的思想和精神。在与自然的亲密接触中展现五彩缤纷的世界；在人文古迹的探究中，发出对世界、对人生理性的追问。喜欢到大自然中寻找诗思，采撷诗的灵感。笔法轻盈灵动，视野开阔，语言质朴形象。

春华在诗词理论研究方面也多有建树。她先后撰写了《浅析秋瑾的女性解放思想》（《吉林省社会科学战线》2011 年第 12 期），《长白山诗词述论》（《吉林省社会科学战线》2015 年第 6 期）等论文，对女诗人秋瑾和长白山诗词流派进行了深刻的探究。特别是《长白山诗词述论》一文，对关东大地的诗人群体、长白山诗派的形成以及长白山诗词的主旋律等问题进行了梳理，提出并论证了若干重要的观点。

《黄春华诗词选》是她诗词创作道路上一个阶段性的成果。这是一部充满个性色彩的诗集，是一部源于生活又高于生活的真情制作。

祝愿诗人的创作道路越走越宽，取得更大成就。

张岳琦

2018 年 3 月 7 日于长春

目　录

卷三　绝句

卷四 诗余

卷一　古风

刘建封诞辰一百五十周年纪咏①

东荒自古有名山，高耸入云接碧天。林海苍茫人罕至，猛虎出没啸涧泉。峰头雾笼积年雪，时人十九不知颜。概为神圣龙兴地，封禁日久史海湮。刘公带队勘幽秘，时逢一九零八年。策杖披荆悬崖侧，宿营探源国界边。踏查百日心如铁，险象环生犹不绝。怪石嶙峋雪卷松，冰雹电裂狼号月。坠马河边死又生，锦江水冷激清澈。忧责当肩又领军，旧伤未愈累新痕。驽马直达峰巅上，一览大泽美绝伦。写就宏文三四卷，江岗面貌一绘遍。主峰十六亲命名，源溯三江涛拍岸。樵夫猎户与前别，省界国疆碑刻建。拓荒实边立殊勋，生民乐业安图县。盖世雄才刘建封，声名虽赫两袖风。今逢百五思潮涌，勉为斯文以纪天池钓叟不朽功。

2015年11月20日

【注释】

①刘建封（1865—1952）：又名刘大同，字桐阶，号芝叟道人、芝里老人。有“天池钓叟”之称。山东安丘人，清末贡生，奉天候补知县，1905年加入中国同盟会。光绪三十四年（1908年），东三省总督徐世昌派刘建封任勘界委员，到延边实地进行踏查，勘查奉天（今辽宁）、吉林两省界线兼查长白山三江（松花江、鸭绿江、图们江）之源。同年5月28日，刘建封率队出发直临天池。用了四个多月的时间，踏遍了长白山的山山水水，查清了长白山的江岗全貌和三江之源。为天池十六峰命名，写出了著名的《长白山江岗志略》《长白山设治兼勘分奉吉界线书》等著作；拍摄《长白山灵迹全影》，绘制长白山江岗全图。刘建封对长白诸峰的勘查命名，大者有六：“曰白云，曰冠冕，曰白头，曰三奇，曰天豁，曰芝盘”；小者有十：“曰

玉柱，曰梯云，曰卧虎，曰孤隼，曰紫霞，曰华盖，曰铁壁，曰龙门，曰观日，曰锦屏”。宣统元年（1909年12月），安图设治，刘建封为第一任知事。1911年积极响应辛亥革命，举义旗在安图成立“大同共和国”，并将名字改为“大同”，但起义终因势单力薄而失败。1952年7月1日，刘建封在济南病逝，享年八十八岁。

敦化德林石群考①

披阅满洲籍，曾建渤海国。渤海有石林，形色千百格。密布山岭间，天然无雕饰。连环复参差，孔洞多奇特。妆若美人眸，神采难描画。榆桦缘隙生，清泉出其侧。青龙蟠卧牛，白鹤戏银鲫。方者如棋盘，圆者和田璧。六角池笼烟，八方井阡陌。望之宛青螺，深浅无从一。芝兰间瑶草，夹石香涩涩。麋鹿闲呦呦，蚊虻空寂寂。龙狮共枕眠，凇雪纷披席。恰是那摩诃婆罗禅入境，更着她琼宫月馆凤来驿。德林德林昔美极！奈何而今成追忆。究是日蚀风化渐凋敝，抑或狼烟人祸共同袭。忆昔热泪零，怆然扼腕惜。

2015年11月27日

【注释】

①德林石群：在唐渤海国旧城，今吉林省敦化市翰章乡境，总面积达二百余公顷。人称其地质景观可与云南石林、内蒙古阿拉善喀斯特地貌和新疆和田玉媲美。据德林石形色，也称其为带眼石、蜂窝石、火烧石、大青石和卧牛石等。该石早于渤海国时期，即被广泛应用到建筑、祭祀、丧葬和法器制造及重要活动场所。如宁安渤海镇南大寺的石佛和石幢；敦化六顶山渤海王室

墓区的封坟石以及敦化新近发现的千年古庙和石棺，都是以德林石为原料制作的。据文物考古专家证实，德林石群及德林石制造的器物，对研究东北地区的地质、气候变化、渤海时代的建筑风格、民俗风情、佛教文化、生产力水平都具有重要价值，为难得的实物资料。

龙泉土珠子遗址咏叹①

虎湾古祭台，千载立危崖。久废无人晓，经年费疑猜。偶逢天大雨，陌野尽淹埋。土珠突兀立，惶惶生民来。莫道太神奇，洪水不过墀。想是神灵佑，合族渡厄危。至此始知德，并未窥其力。水退旋相忘，开垦复种植。史家苦斩棘，渐解个中惑。早有夫流王，朱蒙将其克。时乃与天通，兴建句丽国。将士开疆土，良臣安社稷。八方兵入库，四季烽烟熄。堆土筑高坛，但求丰衣食。土珠土珠享盛名！雾雨蒙蒙犹令惊。虽不闻萨满祭天金鼓震，但见四围苍翠滴空灵。今番肇兴之地寻幽秘，垒土无声更堪凭！

2016年7月12日

【注释】

①土珠子遗址：位于通化市通化县快大茂镇龙泉村东二百米的江岸台地之上，东距浑江约三百米。遗址为一兀然突出于地表的土石堆，高约八米，底面积约一百平方米，顶部呈约四十平方米的平台。

“暖房子工程”感赋①

安居大事最牵心，对此乡民感慨深。思我老宅墙体薄，冬怕天寒夏怕阴。每逢雨雪北风急，屋外呼号屋内泣。瑟瑟难眠恨夜长，只盼天晴雨雪息。东风一缕向朝曛，暖房工程动千军。施我能工巧匠手，翻新改造换经纶。墙包苯板增温度②，顶覆油毡除漏苦③。管网交织暖气融，亭台错落晴光裕。而今伫立老楼前，细看多时泪潸然。昔日窝心杂伤痛，今朝称意喜留连。君不见，节能瓦舍醉春风，环保门窗建奇功。岸柳参差笼翡翠，街灯闪烁对霓虹。浓荫环绕健身场，薄雾轻遮书画坊。翁媪池边歌绿藻，蜻蜓月下戏莲塘。君不见，居民游憩花园里，蜂蝶穿梭萱草地。俯察新区逸兴飞，仰观服务怡然醉。噫！今居此地心花放，蝶梦翩翩驰海浪。万里云程一棹间，悠然不觉仙山上。空明澄澈瑶池边，喜见杜公捋长髯。揖手殷殷告杜公，杜公杜公可知否？惠民大策铺锦绣，广厦万间今已有。天下寒民尽开颜，不怕天寒风雨骤。更抱初心犹未改，煌煌伟业向阳开，小康路上齐奋进，圆梦中华会看山高水长快意哉！

2018年3月15日

【注释】

①暖房子工程：吉林省地处祖国东北，冬季严寒，有许多老旧房子供暖差，保温效能低。为解决百姓疾苦，2011年吉林省在全国第一个大规模实施“暖房子”工程，至2015年，共完成“暖房子”工程1.61亿平方米，老旧小区综合整治八千一百零二万平方米。使全省二百六十三万户、七百八十七万城市居民受益。通过实施“暖房子”工程，提高了房屋保温能力和供热保障能力，同时加强了房屋的防漏性，为百姓营造了更舒适的居住环境。

②苯板：学名聚苯乙烯泡沫板，既是建筑材料也是装饰材料，一般用于隔墙、保温。

③油毡：是一种建筑材料，具有韧性强、不透水等特点，屋顶等做防水层的常用材料。

卷二　律诗

咏问心碑

岭上铭文铄古今，流年不改万民钦。
高风扫处边城秀，利剑挥时社稷森。
醒世清官常律己，照人明镜自生金。
羞看宦海穷途客，谁效张公敢问心。

2010年6月29日

一塘莲事雨含烟五首

一

一塘莲事雨含烟，虚度韶华若许年。
载梦云帆飘逝去，盘龙铁锁在高悬。
伊人洒泪隔江望，白马狂嘶逐日边。
碧落重重知我意，红尘淡淡恨无缘。

二

报国无门人渐老，一塘莲事雨含烟。
层云覆顶谁人晓，薄雾弥江哪个怜。
浊酒盈杯千万里，青笺泣露梦经年。
冰心不愿尘埃染，湛湛清波载梦眠。

三

端午时节淑气妍，盈盈秀水撩人醉。
一塘莲事雨含烟，万顷松涛山耸翠。

采艾登高石径斜，题词入韵榴花媚。
闲来漫抚六弦琴，玉振金声追凤翅。

四

榴花五月艳阳天，艾草英魂四海传。
万展旌旗迎胜日，一塘莲事雨含烟。
斑斑竹叶知沧海，烈烈雄黄祭圣贤。
漫忆离骚歌不尽，秭归此处竞舟翩。

五

端午徘徊楚水边，汨罗鼓角响云天。
飞舟踏浪寻仙影，挂艾盈香枕梦眠。
满腹柔情花解语，一塘莲事雨含烟。
无言漫对江心月，绝唱离骚几许年。

2010年7月2日

咏三角龙湾①

静水幽蓝大小湾，明珠七粒景天然。
花拥小径游人醉，鱼戏溪边钓叟癫。
玉女临渊频弄影，黑龙布雨偶生烟。
闲依画舫随峰绕，疑入瑶池不愿还。

2010年7月7日

【注释】

①三角龙湾：在吉林省辉南县。又名黑龙潭。大大小小有七个湖泊，宛如七粒明珠镶嵌在辉南县内，三角龙湾是其中之一。湖水清澈碧蓝，不亚于九寨沟的海子，周围山势陡峭，树木苍翠，山花烂漫，景色清幽迷人，有着原生态的美。特别是湖水在山谷间，湿气蒸郁不散，白云水雾飘荡于峰顶山腰，给人一种云雾迷离的神奇之美。

步养根斋先生韵贺长白山书院揭牌①

薪火燃情已十年，风清文正自怡然。
松江逐浪云龙舞，长白争锋热血煎。
溢彩关东黑土地，流金华夏紫云边。
今朝书院新牌起，老骥扬蹄再奋鞭。

2010年7月18日

【注释】

①养根斋：张福有先生斋名。后文“长白山人”“养根师”同。

秋　　愁

又到西风起，秋愁分外长。
寒蝉鸣夜月，紫燕别东墙。
翠减红消处，蝶飞梦碎塘。
此情谁可待？潇雨冷诗肠。

2010年8月29日

步王寂韵寄养根斋先生

检点韩州志，辽东景不同。
寻常老牛铿，古怪小溪虫。
寸草经霜后，新春蕴惠风。
边城今古境，治史有贤翁。

2010年8月31日

【题解】

读王寂咏鸡儿花诗，感念养根斋考索其人其迹，依韵奉和以纪关东诗阵之雅事。

步养根斋先生韵贺农安创建诗词之乡

古镇农安实可夸，诗乡在建是农家。
罗湖浩浩连天碧，宝塔巍巍接物华。
痛饮黄龙邀燕舞，狂歌雪帐向云斜。
吟旌到此思潮涌，振旅雄风起未差。

2010年9月9日

农安筲箩湖之秋

恰是清秋绿野行，筲箩染翠似多情。
岚烟起处千姿媚，岸柳摇时万象生。
满眼芦花香雪海，叠云稻浪醉金缨。
撩人月色添诗韵，最喜农家打谷声。

2010年10月25日

喜读《长白山文化建设规划纲要》感怀

莫道初冬肃气凝，吟旌振旅好邀朋。
巍峨长白宏图起，澄澈天池古韵兴。
激越松江飞彩玉，蜿蜒老岭舞寒冰。
流开一派诗华美，雪域关东大业升。

2010年11月3日

咏松花砚

松花水绿洗灵胎，长白冰清逐梦来。
俊朗诗心缘雪醉，绝殊墨胆倚梅开。
端方何限君王爱，温润犹令百姓猜。
最喜香魂能解意，江山岁月腹中裁。

2011年1月7日

塞北寒将退二首

一

塞北寒将退，春风潜入怀。
欣然匀淡墨，逸兴写尘埃。
旧岁追云去，新年载梦来。
呼朋联手起，共筑凤凰台。

二

岭上梅初放，幽香入我怀。
芳心浮雅梦，素手扫尘埃。
野径寻踪去，琼林步韵来。
拈词成一阕，起舞共瑶台。

2011年1月21日

长白山（依清吴兆骞韵而作）

雄踞大东北，威名震九州。
千峰横雪韵，万物竞荒流。
虎啸云崖顶，龙腾碧水头。
登临惊绝处，满眼翠华收。

【注释】

今日研读《清诗三百首》，见吴兆骞所作长白山，颇觉雄浑大气，爱不释手。加之长白山乃中国十大名山之一，阿豆家乡之名山，也曾多次登临，喜爱异常，早有一书之意，故亦步亦趋，学习写作，敬请诗友们拍砖指正。

附，[清]吴兆骞：长白山①

长白雄东北，嵯峨俯塞州。
迥临沧海曙，独峙大荒秋。
白雪横千峰，青天泻二流。
登封如可作，应待翠华游。

2011年1月24日

【注释】

①吴兆骞：字汉槎，吴江松陵镇人。其七世祖即孝子吴璋，叔祖吴易。吴兆骞于明崇祯四年（1631年）生于江苏省吴江县松陵镇一个官宦之家，吴兆骞九岁作《胆赋》，十岁写《京都赋》，少年时即声震文坛。后随父官游楚地四年，因张献忠起义，奉母归里。清初，江南士大夫各自结社，慎交社、同声社较为著名，吴兆骞曾主盟慎交社，与诸名贤角逐艺苑。顺治十四年（1657年）中举人，南闱科场案发，被诬卷入其中。翌年，吴兆

骞赴京接受审查和复试。在复试中，他负气交白卷，被革除举人名。顺治皇帝亲自定案，吴兆骞家产籍没入官，父母兄弟妻子一并流放宁古塔（今黑龙江宁安）达二十三年之久。后来在好友纳兰性德、顾贞观请求下，经权臣纳兰明珠等人在朝中斡旋，费赎金数千，吴兆骞又献《长白山赋》取悦康熙帝，康熙二十年（1681年）得以放归，康熙二十二年返里省亲。因长期在北方生活，吴兆骞已不适应江南水土气候，归里后大病数月，后赴京治疗，翌年客死京城。临殁语其子曰："吾欲与汝射雉白山之麓，钓尺鲤松花江，挈归供膳，付汝母作羹，以佐晚餐，岂可得耶。"则于白山黑水亦有乡愁矣。其著述甚多，然屡经颠沛，存者无多，子吴桭臣所刊《秋笳集》诗文八卷，殆未及十之一二。今人王孟白辑有《吴兆骞集》。吴兆骞留下大量讴歌祖国边陲的诗篇。现仅存《秋徊集》《归来草堂杂卷》《西曹杂诗》。

步养根斋先生韵辛卯贺春

雪舞长空唤暖阳，梅开野陌报春芳。
流丹紫墨添神韵，溢彩松花贺岁康。
书院扬帆图伟业，杏坛执笔写华章。
欣逢玉兔玲珑至，指挑兰笺祝友祥。

2011年1月25日

步韵张岳琦会长辛卯月下有思

弄瑟吟风枕月眠，赊梅一缕对冰娟。
诗情烂漫真无忌，意理悠长自淡然。
喜向新程图大志，聊将古韵惠嘉圆。
相逢漫钓玲珑句，叠醉光阴笑逝烟。

2011年1月26日

忙　年

早起除尘辞岁寒，忙年不觉日三竿。
窗明更衬新帘美，酒烈犹需老醋阑。
虎帅山林寻富贵，兔爷原野觅华峦。
诗成约会群贤至，唱和怡情对句欢。

2011年1月31日

步韵和辛卯开岁诗家联唱

三江律动迎春曲，大袖飘开锦绣图。
振旅雄风飞古韵，惊天霸气展新殊。
荒原雪柳呈祥瑞，野陌冰雕抚玉芜。
畅意萦怀歌永日，更于词外赞神都。

2011年2月9日

高丰清先生六十六生辰有寄[1]

欣闻老友六成双，敬送瑶池酒一觞。
杏苑高歌施妙笔，诗林叠韵创奇章。
儿孙聪慧功名美，发小贤达福禄长。
有道身闲多富贵，悠然自得看斜阳。

2011年2月10日

【注释】

①兰台别客：高丰清网名。

满川雪柳蕴新芽

春城昨日又飞纱，诱我开怀叠浪花。
几片清词传海角，一帘幽梦寄天涯。
诗情遥接桃源水，画意轻飘杏苑霞。
更喜三江风展翼，满川雪柳蕴新芽。

2011年2月11日

碎絮纷飞入韵芳

经年网海自徜徉，碎絮纷飞入韵芳。
画阁流丹飞异彩，诗笺染绿润华章。
寒梅倾意依栏俏，朗月随心对影长。
莫笑天公怜爱我，红尘淡淡任疏狂。

2011年2月11日

写在情人节

鸳鸯佳节夜犹寒，塞外横琴独自弹。
隔岸箫声牵意绪，他山笛韵引愁端。
鲛绡尺幅无从寄，朗月一轮何处阑。
万缕柔情衔水去，来生不入奈何滩。

2011年2月18日

图们江感怀

千峰竞秀大荒东，浩荡图们景不同。
岸草欣欣环水绿，岩花烈烈映山红。
边陲樽俎存清史，古域通航醒世风。
匡国云帆飞掠处，海天一色韵无穷。

2011年3月3日

凉水河感怀

凉水河边慢步吟，追思往事泪沾襟。
积贫安得全疆土？强盛方能御寇侵。
史海钩沉犹碎梦，断桥烟灭更揪心。
排空浊浪滔滔去，拍岸城池已若金。

2011年3月7日

东北春三月

东北春三月，枝头待鸟啼。
冰溶除旧梦，日暖化新泥。
旷野含情待，耕牛蓄势犁。
一朝风展翼，绿浪满川堤。

2011年3月26日

贺段成桂先生两卷齐刊京华书展[1]

早有声名传塞北，又闻五体誉京华[2]。
书惊两曜融今古[3]，法动群星贯迩遐。
铁笔横挥松柏翠，银钩漫钓雪梅嘉。
安知纸贵由谁引，伯硕高台放玉槎。

2011年4月2日

【注释】

①段成桂：字伯硕，祖籍山东德平，1942年7月生于吉林市，著名书法家，书画鉴定家。

②五体：指篆、隶、楷、行、草五种书法。

③两曜：指日、月。

迟到的祝福

欣逢临清居士出任关东诗阵常务管理员，并值养根斋寿诞，特赋诗以贺！

四月关东喜事多，瑶池玉树也婆娑。
临清舒纳纤柔意，问鼎惊怀浩淼波。
根养千年涵正气，诗传万载蕴臻和。
团花簇锦盈门绽，鹤舞蓝天自在歌。

2011年4月10日

惊　鸿

春风写意送诗还，陌野欣荣涧水潺。
纤指流丹书锦绣，兰心载梦唱斑斓。
翩跹玉影蒹葭里，浩渺清音豆谷间。
婉转回眸天海阔，惊鸿一顾胜千颜。

2011年5月6日

贺百草园两岁与诸君共勉
——用李世民《辽城望月》韵

结社春风里，冰心照古碣。
千帆争渡去，万象虚怀缀。
亮剑气浑圆，挥毫意盈缺。
风侵松柏翠，雪洗梅花结。
百草漫天涯，蛮荒从此灭。

附，［唐］李世民《辽城望月》

玄菟月初明，澄辉照辽碣。
映云光暂隐，隔树花如缀。
魄满桂枝圆，轮亏镜彩缺。
临城却影散，带晕重围结。
驻跸俯丸都，伫观妖氛灭。

2011年5月17日

【注释】

2009年5月30日，阿豆在网络上建立了一个文学群组“怡情百草园”，即将两周岁了。中间经历了许多风风雨雨，其中之甘苦非片纸只字所能形容。前日读到李世民《辽城望月》时，略有所感，偶得几句，录于此。

通化采风有寄

谁似山城敢创新，檄邀南北众诗人。
千年古井含真意，万缕清泉蕴秀伦。
指染丹霞梳彩梦，眸盈丽水滤纤尘。
翩跹月下惊鸿起，喜见玄菟别旧贫。

2011年6月2日

参观通化东宝集团

仙姿曼舞雪中林，妙手催开四季阴。
胰岛速成惊世界，基因重组胜甘霖①。
金丹自有排头雁②，东宝新添定海针。
引领潮头追百代，美名得立药王林。

2011年6月21日

【注释】

①甘霖：甘舒霖。

②金丹：东宝金丹。

相逢是首歌

——七诗友漫步团结广场有寄

六月山城绿满坡，七星璀璨会尼河。
层峦起雾通天涌，旷野飞霞向海歌。
目蕴神光情烂漫，魂开宝相势巍峨。
横琴一曲陶然醉，化雨催云联袂磋。

2011年6月25日

感谢通化诸位诗友和诗再寄

回望东垂逸梦坡，柔情万缕绕星河。
兰舟难载春江水，紫月欣逢夏夜歌。
曲扣冰弦惊豆谷，诗穿珠玉冠嵯峨。
他年若得林泉趣，还约贤朋翰墨磋。

2011年6月25日

【注释】

人生，有无数的过程，有时精彩，有时温馨，有时虚幻、有时缥缈。他们匆匆地来，淡淡地去。总有些人、有些事会沉淀其间，历久弥香，难以忘怀。也许，在某个午后，闲倚一米阳光，浅斟一盏清茶，那曾经的美好会随着袅袅的茶香徐徐地弥散开来，于是，一帘纯美的梦便在你的眉间款款起舞。

辛卯六月十七日，日暖风和，南北诗友，云集通化。是日夜，月挂柳梢，霓虹初绽，哈尼河畔，百草清芬，人头攒动，管乐齐鸣。吾与大唐盛世、超然斋主、青山浪主、风之歌、关东横笛客、通化小子欣欣然漫步于团结广场，旷艺抒怀，温馨惬意。在彼此欢声笑语中，似曾相识又相见恨晚的感觉油然而生。

我国古代把北斗七星分别称作：天枢、天璇、天玑、天权、玉衡、开阳、摇光。是夜，七诗友分别以其名为号，自选如下：大唐盛世，天枢；阿豆，玉衡；风之歌，开阳；超然斋主，天玑；青山浪主，天璇；关东横笛客，天权；通化小子，摇光；七位星之盟遂成。

仰观人间世事，生死有命，富贵随缘，恬淡淡清风明月，自然然绿水高山。俯瞰世间万物，来则来兮，去则去矣。成王败寇，匆匆一梦。唯人间至诚，雄浑大美，落落然昭如日月，陶陶然暖彻心脾。思于此，心神俱荡，遂捉零拾趣，付与斯文。以记录吾七诗友之友情。

一片馨香送两家

适逢浣纱女、六月雪飞两位好朋友过生日，她们与阿豆相伴网络两载，彼此相知甚深，友情深厚。两位玲珑美丽的妹子，是阿豆心中的骄傲，生日之际，拙词以贺！

六月怡园景色嘉，小荷初绽胜丹霞。
湘妃岸上摇清影，西子池边浣碧纱。
缥缈诗情浑似我，斑斓雅韵正如丫。
挥毫浅笑蛙声远，一片馨香送两家。

2011年6月26日

步韵养根斋先生贺《长白山诗词》百期

紫墨丰笺已百期，潮头逐浪又擎旗。
文衔绿水迎高古，诗域鸡林奠采基。
凤展三川千丈韵，龙腾四海九州棋。
云崖路远风牵翼，席卷狂涛信不疑。

2011年7月1日

步韵大唐兄闲游网海二首

一

闲游网海信风驰，逐浪追云旷世奇。
霞染诗情飞彩梦，泉听画意解天时。
抱虚高节空名禄，傍雪冰魂铸玉诗。
过往匆匆烟雨后，一江澄碧任由之。

二

琼林逐梦伴星驰，欲上昆仑探险奇。
问鼎峰巅霜劲后，横舟江渚月圆时。
毫沾绮丽千姿媚，墨染斑斓万象诗。
纳敛娥眉行素位[①]，雍容有度尽心之。

2011年7月15日

【注释】

①素位：谓现在所处之地位。《礼记·中庸》载：“君子素其位而行，不愿乎其外。”

三和大唐兄并寄风之歌

剑气横胸大漠驰，飞沙走日不稀奇。
驼铃唱彻雄关后，羌笛吹柔古道时。
挥洒豪情方寸阔，激扬文字点滴诗。
前程莫惧艰辛事，尚礼修仁静处之。

2011年8月4日

贺公主岭荣获“中国玉米之乡”

公主仙乡纵马行，一笺诗意一笺情。
风和紫陌千花放，雨润山川万物生。
极目青纱遮沃野，摇枝玉黍缀红缨。
荣膺美号陶然醉，万里平畴做画耕。

2011年8月12日

珲春森林山

珲林何广袤，始见不虚传。
蔽日新枝翠，参天古木圆。
山深雄虎鹿，涧澈袅云烟。
偶啸松涛里，惊弹百丈弦。

2011年9月3日

写在教师节

回望当年壮志酬，栉风沐雨烂银钩。
朝迎旭日研文象，夜对寒灯伏案头。
三尺讲台传道义，一生奋笔写春秋。
芳华渐老情难老，蜡炬成灰清梦留。

2011年9月10日

辛酉冬素月轩读书感怀

心如秋水不沾尘，为有书香伴此身。
静处田园甘寂寞，偏离闹市远逡巡。
诗文每向东篱赋，风雅从来故国钧。
世事喧嚣浑忘却，轻歌曼舞自然真。

2011年11月24日

通化诗词学会成立两周年有贺

诗帜高扬两度遒，佟佳啸咏破箜篌。
群贤笔底流清韵，劲旅毫端泛彩瓯。
浪涌千波行万里，情开一脉醉三秋。
凌空雁阵舒云翅，狂卷长涛竞上游。

2011年11月29日

冬至日感怀

正是冬深难寐时，依窗独坐起遐思。
苍茫岁月催人老，跌宕生涯醒梦知。
结社三年情未尽，围城九曲意犹痴。
梅卿念我心如昨，撷取幽香好入诗。

2011年12月2日

《刘信君文集》出版致贺①

史海钩沉三十秋，左迁风骨喜同俦。
披荆细考文明事，笃志精研家国瓯。
笔蕴惊雷匡正义，胸含浩气辨源流。
今朝一卷存高远，来日长旌振九州。

2011年12月8日

【注释】

①刘信君：1962年11月生，内蒙古赤峰人。1989年东北师范大学历史系硕士研究生毕业。就职于吉林省社会科学院，二级研究员。治史三十年，著作甚丰。主要从事中国东北史研究，共出版或发表科研成果一百五十余项。其中，出版专著四十余部，发表论文一百一十余篇。先后获吉林省有突出贡献的中青年专业技术人才，吉林省第一批、第三批高级专家，吉林省拔尖创新人才第三层次、第二层次、第一层次人选，国务院特殊津贴等专家称号。2008年，获吉林省社会科学院建院50周年突出贡献奖。2011年，获“吉林期刊十大领军人物”称号。2013年，获全国新闻出

版行业领军人才称号。2015年获全国“文化名家暨四个一批人才”称号。2016年获全国“万人计划”哲学社会科学领军人才称号。

贺《四平诗词》更名

乐我家山诗韵丰，高歌廿载势如虹。
辽河水美生清雅，沃土情深孕俊雄。
毓秀人文呈盛象，钟灵景致绽葱茏。
吟鞭再举开新局，紫气蒸腾耀大东。

2011年12月10日

贺孙崇秋诗集《山菊花》出版

淡雅清芬山菊花，幽居野陌远浮夸。
凌寒不染氤氲气，浥露能超明艳霞。
倩影动时生妙曲，仙姿开处醉诗家。
诚然厚土怜天老，萃取奇香任尔斜。

2011年12月17日

步韵贺蒋力华先生《会意天风和律鸣》出版

卷帙封时雷掩声，天风会意注深情。
青山依旧承唐韵，绿水如前照汉明。
诗域鸡林开莽境，梅萦雪国振长旌。
雄心荡起波连岳，紫气东来又一程。

2011年12月19日

步韵养根斋先生2012迎新团拜会感赋

龙腾玉宇唤春归，振旅东风渐次吹。
诗域鸡林开远境，文旌长白启东陲。
雄关漫道欣同越，大任当肩好作为。
跷望三江成莽势，高歌酹酒笑扬眉。

2012年1月2日

贺鹏云兄荣任关东诗阵版主

信是新春好作为，鲲鹏亮翅正当时。
云龙笔法凭舒卷，雪月诗怀任劲持。
赤兔加鞭承望远，老牛着力寄情痴。
文昌盛世宜先觉，流派开来笑逐之。

2012年1月6日

《珲春韵汇》发厂致贺

曙光初照大荒东，苍莽珲林景不同。
鼓荡三江衔暖日，雄浑一卷贯奇虹。
物华和硕民风健，政策清明功业隆。
向远征帆强劲起，龙腾万里韵无穷。

2012年1月12日

晨起赏吉林雾凇

一江晓雾织朦胧，旭日初升古渡东。
玉树如仙如梦里，琼楼半露半藏中。
山皴淡墨连天远，水漾清波向海雄。
算取人间多胜境，偏生此处韵无穷。

2012年1月16日

壬 辰 春 颂

辰龙腾跃送春光，大好中华恰靓妆。
雪覆千山驰蜡象，梅开万户绽芬芳。
民心似水仁怀厚，国运如虹德政祥。
浪涌云波传早讯，欣然执笔庆安康。

2012年1月20日

读壬辰开岁四家联唱感赋

欣逢盛世辰龙跃，又见吟坛咏大千。
拍岸江涛通海域，燎原星火过幽燕。
氤氲紫气冲霄汉，旖旎祥云罩塞边。
澎湃诗心随律动，倾情一醉颂尧天。

2012年1月29日

贺中华诗词论坛新韵诗词开版

梅开雪域傲霜娇，瀚海扬波赶大潮。
万朵云霞争烂漫，千篇雅韵竞妖娆。
蒸腾紫气逐新绿，温暖春风焕旧袍。
堪喜文明开绮境，怡然把盏自陶陶。

2012年2月9日

风散梅香

庭尉兄寄字《风散梅香》得句如下以谢兄台。

片风撩起一庭春，细赏清娟渐远尘。
逸若琼花飘散淡，苍如翠柏抖精神。
疏斜有致堪为妙，错落无痕最是真。
文吐天然梅竹润，银钩铁砚墨香皴。

2012年4月26日

春访乌拉草堂有寄[①]

袅袅春风里，欣然向草堂。
山披杨柳色，鬓染杏花香。
把盏情深契，挥毫梦浅藏。
依稀回望久，期得再流觞。

2012年5月4日

【注释】

①乌拉草堂：在吉林省磐石市。

风雅证梅津[①]

浥露鸡冠秀，莺啼古渡春。
摩崖天韵袅，辉发柳丝新。
律汇千秋卷，情融一片真。
吟旌挥洒处，风雅证梅津。

2012年7月11日

【注释】

①梅津：即梅河口市（亦名梅河），位于吉林省东南部，地处松辽平原与长白山区的过渡地带，原名海龙县。下文同。

晨起梅津漫步有感

七月梅津胜妙龄，风薰日暖草青青。
花涵绮梦飘香岸，柳钓遐思入画屏。
鳞次琼楼呈异彩，婆娑玉树透空灵。
晨曦漫步江桥上，一顾三回竟忘形。

2012年8月1日

登鸡冠山

一路寻幽上秀峰，嶙峋怪石倚苍松。
藤缠老树荒途隐，雾锁飞泉半壁封。
经雨鸡冠红烂漫，拿云崖角绿葱茏。
山林大有神仙气，堪喜登临豁俗胸。

2012年8月3日

佟江行[1]

最喜佟江八月行，五花山色杂阴晴。
盈盈秋水怜芦瑟，阵阵松涛逐雁鸣。
稻浪千重真豁目，枫燃一叶也关情。
欣逢佳节人同醉，把盏驰怀赋韵声。

2012年10月6日

【注释】

①佟江：即佟佳江，流经吉林省通化县境内。

通化诗坛成立三周年有寄

闻道山城景色佳，佟江雅韵实堪夸。
神风傲骨随缘醉，丽句清词任意奢。
酒暖关东黑土地，情融塞北紫云霞。
此时漫忆敲诗趣，缕缕相思伴日斜。

2012年11月16日

华东师大国培有寄

桂子山头扬彩旗，群英四面会华师。
名师实践真开眼，个案分析更释疑。
好雨滋怀秋梦暖，和风拂面紫阳曦。
国培计划功成日，教改之花信可期。

2012年11月29日

读清江野老壬辰岁末感怀步韵偶和

寒雪敲窗夜未央，临屏读罢和诗忙。
君心未改昔年韵，吾梦犹牵不老娘。
稚子情怀凭笔写，书生意气伴颜苍。
功名本就云中物，惟有真情逐日长。

2013年1月7日

壬辰冬月末大雪有寄

逢冬进腊正天寒，瑞雪纷飞兆岁安。
满树凇花呈璀璨，一怀思绪漾波澜。
情归静处繁华歇，道问深时明性还。
寄望新春攒好句，蛮笺瘦笔写琅玕。

2013年1月11日

壬辰春拾句

每逢春日惹遐思，一树梨花万点痴。
月冷栏杆情缱绻，雨飞帘幕梦参差。
梁间旧燕呢喃早，山外浮云变幻迟。
慨叹芳华容易老，聊将浅句寄君知。

2013年5月18日

通榆墨宝园

细数榆城美，堪钦墨韵幽。
碑林园内矗，浩气宇中收。
风骨追千岳，精神冠九州。
名章书大地，百代竞风流。

2013年8月11日

旁听高丰清老师授业有寄[1]

同道有高人，为师特认真。
解疑情意切，授业语言新。
立德期十载，怜才寄百春。
白头灯影里，望尔敬犹亲。

2013年8月13日

【注释】

①通榆采风期间，余碰巧旁听了高丰清老师对其弟子的谆谆教导，获益匪浅，感动之余以诗纪之。

岁杪感怀

日暮灯寒人静时，倚窗独坐起遐思。
无声岁月飘飞快，有道生涯回转迟。
青史青山云过往，疯言疯语证癫痴。
万般世味都尝尽，素意幽幽物外驰。

2013年12月31日

红楼菊花诗十二首

一、忆菊

碎雨敲窗缱绻思，芭蕉新败感伤时。
东篱倩影今安在，西圃寒蝉可有知。
常念清芬随雁远，偏寻傲骨掩霜痴。
诚然记得前生好，约会重阳共梦期。

2011年9月30日

二、访菊

为觅清芬老圃游，三春过后喜君留。
绝殊秀色缘霜起，浥露情怀傲世愁。
一蕊仙姿衔月美，千重雅韵入诗悠。
寒香浅淡喧嚣远，高品超然贯笔头。

2011年9月30日

三、种菊

岭上秋风渐次来，瑶池仙品我家栽。
短篱贫土精心养，月下窗前惬意开。
赏翠忘机生绮丽，含英叠韵醉罗杯。
虚名淡尽江南客，物外幽栖不落埃。

2011年9月30日

四、对菊

向晚斜阳贵似金，西风渐冷院庭深。
奇香浅淡撩思绪，素影婆娑诱我吟。
怅望枝头怀旧梦，徜徉月下诉心音。
寒英莫笑侬痴傻，相守原应惜寸阴。

2012年3月2日

五、簪菊

偷闲放下百般忙，细细裁来对镜妆。
浅笑嫣然真得意，深颦俏也不疏狂。
清如水月鲜如露，灿似云霞淡似霜。
一瓣仙姿斜入鬓，幽香缕缕发丝旁。

2012年6月7日

六、画菊

喜君高品性疏狂，笔墨轻匀暗自量。
一幅清娟题素影，数枝粉蕊枕秋霜。
冰心不染尘俗色，傲骨欣涵世外香。
纵使西风雕落叶，满怀诗絮对斜阳。

2012年6月7日

七、供菊

魂兮相契喜同俦，慢剪轻裁细品幽。
气若清莲芳百代，香如桂子冠三秋。
霜华淡淡凭君写，月色溶溶任我游。
雁字回时闻杜宇，声声滴翠苦心留。

2012年6月7日

八、咏菊

渐冷西园逐日侵，蜂飞并未少知音。
白衣胜雪和风舞，精魄凌霜共月吟。
篱畔影斜寻石径，樽前人瘦解秋心。
南山隐者应同我，珍重芳姿直到今。

2013年9月6日

九、问菊

花事凄迷君已知，因何翘首向东篱？
韵孤无伴可幽怨？香净出尘论早迟？
风雨重阳生秀色，乾坤一笑报秋思。
暮开月朵如相告，置酒西楼话片时。

2013年9月7日

十、菊影

嫩寒初锁意重重，白露团珠老圃中。
帘卷西风忽左右，香扶夜月更玲珑。
摇窗欲语原应待，入梦相逢总是空。
默举清樽噙泪饮，聊凭醉眼写朦胧。

2013年9月8日

十一、菊梦

露重星稀蛰韵清，酒酣半醒不分明。
寒香阵阵庭前约，倩影依依槛外盟。
盈把如珍怜解语，轻身若雾淡争鸣。
飘然直上层霄里，名是浮云月是情。

2013年9月9日

十二、残菊

西风一夜几枝欹，愁聚双眉雁远时。
素蕊深藏花落寞，斜晖浅照叶纷披。
余香入梦秋声老，乱影横窗去意迟。
曲槛疏篱情可鉴，重阳节后再相思。

2013年9月9日

读《九台诗词》成多禄纪念专集有感寄聂德祥君

经略关东三十年，凌云剑气胜从前。
呕心奋笔传文脉，沥血扬鞭继圣贤。
一卷刊成青史灿，千章集结白山坚。
成公询问当宽慰，策马边台有锦篇。

2014年1月21日

次韵养根斋先生甲午迎春遣怀

马踏祥云驱酷寒，新梅绽蕾报春端。
大红福字迎风舞，五彩楹联映雪看。
反腐功成天下稳，精兵练就国家安。
声声爆竹催征鼓，烈烈奔腾又一峦。

2014年1月25日

次韵马富林兄甲午新正抒怀

龙驹期伯乐，良将待骐骝。
未泯东沟恨，新增钓岛仇。
三军着铁甲，群舰起银钩。
勠力同声吼，排山击鬼头。

2014年1月28日

依韵和岳琦会长《病中吟》并祝早日康复

每念诗翁体染疴，此心旋觉挂怀多。
杯中蛇影装佯祟，床下蚁声呈伪蜗。
紫骥迎春残雪退，香风入户宿冰磨。
待到阴霾飘散去，岭上扬旌再放歌。

2014年2月5日

读高丰清老师生日自题有寄

高兄原本出京华，辗转飘蓬未自嗟。
喜读诗书无俗气，爱寻理趣有清嘉。
桑榆向晚情怀暖，平仄求新点滴赊。
轻世忘尘真处士，寻常心态最堪夸。

2014年2月11日

甲午回眸

甲午回眸恨难息，昏庸误国老慈禧。
群蛮割地浑无觉，倭鬼侵疆尚自迷。
百万军资来做寿，几艘陈舰去迎夷。
可怜海上船掀侧，犹在颐园赏戏词。

2014年2月25日

吴文彦兄生日迟贺

春风著岭上，二月扣窗扉。
煮酒寻深巷，烹茶待素梅。
殷勤佳客醉，旖旎晚霞飞。
大野龙腾日，新程又一回。

2014年3月12日

贺公主岭荣获中华诗词之乡三载

正是初春三月天，风摇柳线草鲜鲜。
诗乡沃野开新垄，艺苑琼林绽秀妍。
问到真心碑有纪①，养成精品史留传。
诸多良策育流派，六进催花助梦圆②。

2014年4月2日

【注释】

①公主岭市怀德镇有问心碑，位于怀德镇政府院内，是清光绪三年（1877）怀德第一任知县张云祥所立。碑上刻有张知县撰写的“问心无愧”等内容的碑文，用来鞭策自己为官清廉。2009年，问心碑成为吉林省重点文物保护单位。

②六进：公主岭诗词学会为推动诗词普及和发展采取的“六进”措施，即诗词进学校、进社区、进企业、进机关、进乡村、进军营。

初春访农民诗人李彦

驱车一路访诗家，过眼参差小树斜。
草色初匀催耒耜，莺声叠脆唤桑麻。
意随光景偶相变，牛啃农时从未差。
李彦奇才今始信，但凭网络走天涯①。

2014年4月8日

【注释】

①李彦：公主岭秦家镇佟家村农民，两度获得关东诗阵采风十佳诗词作者称号。2014年4月1日，吾随同养根斋、临清居士、沈鹏云共访农民诗人李彦。李彦家三间瓦房，没有什么书籍，一台电脑摆在正屋最显眼的地方。言谈中养根斋先生问李彦手中有什么诗词方面的工具书，李彦说只有一本《唐诗三百首》，其他材料及诗词知识都依靠网络。吾颇为惊叹李彦的才华和网络的强大魅力及功能。

感张文秀君赠诗有寄①

闻道张文秀，今朝幸会君。
谦和拂杨柳，爽气比风云。
后学逢疑惑，咸来问此人。
堪称活词典，远近卓超群。

2014年4月23日

【注释】

①张文秀：公主岭诗人。

白城拜会三狂居士懵懂姐姐①

粉黛轻红望出尘，彩虹桥畔揖相亲。
朦胧月色刚刚好，浅淡茶香缕缕春。
忆昔初逢多默契，期他再会少逡巡。
高谈未觉深宵至，握别犹思那份真。

2014年4月28日

【注释】

①三狂居士：张文学网名。懵懂姐姐：指王述平，网名懵懂人儿。

贺吉林省政协成立六十周年

春风着意柳千条，六秩华年硕果饶。
松水扬波环赤岸，苍山滴翠护兰桥。
情牵沃野甘为雨，义薄高天敢弄潮。
盛世征程多磨难，贤能共举彩旗飘。

2014年5月8日

为东北抗联十四年苦斗而作[1]

慷慨悲歌十四年，超常苦斗史无前。
饮冰卧雪硝烟里，跃马挥枪战火边。
血染白山山壮丽，功垂绿水水绵延。
而今盛世思英烈，愿我中华早梦圆。

2014年7月7日

【注释】

①东北抗日联军是一支英雄部队。“九一八”日本侵占中国东北后，东北抗联在非常艰苦的环境中同日本侵略者进行了长达十四年的极其惨烈的斗争，牵制七十六万日军，消灭日本关东军十八万，表现了中华民族不畏强暴、英勇不屈的精神。“人们常说八年抗战，其实这个说法不对，中国的抗战应该是十四年”。七七事变之前，“抗联”已经进行了六年常人难以想象的顽强抗战。

欣闻东丰创建诗词之乡有贺[1]

东丰立志建诗乡，四壁青山别样妆。
烟树婆娑云水碧，嘉禾秀茂垅畦长。
民间轶事须追问，鹿苑奇闻待考量。
花气氤氲催雅兴，相期劲旅谱华章。

2014年7月25日

【注释】

①因去湖南长沙参加国培未能参加东丰采风活动，甚为遗憾。欣闻东丰创建诗词之乡，聊寄诗一首祝贺！

咏 东 丰

闻道东丰变化多，欣然命笔乐吟哦。
梅花朵朵穿林海，楼阁重重映碧河。
俚语翻新斗幽默，秧歌随性舞婆娑。
全民阅读张新帜，诗满田园果满坡。

2014年7月26日

重走抗联路感怀

横斜草径渺人烟，烽火沧桑近百年。
树有伤痕知惨烈，山因骨气见忠奸。
野餐故地泉犹冷，喋血雄关日正圆。
放眼浑茫花戴雪，不由使我泪涓涓。

2014年11月24日

岁 杪 感 怀

岁月如烟奈若何？经年自守那支歌。
清溪碧澈流沙少，函谷幽深胜迹多。
士子情怀终未改，书生意气渐消磨。
冰心不受虚名累，天马行空万象和。

2014年12月26日

岁末杂感

检点行囊往昔诗，可怜三载竟参差。
瘦笺萦绕庄生梦，拙笔疏离子美词。
婉转心伤难入韵，飘蓬絮乱未成奇。
翩然玉蝶翻新岁，剩却初心对酒卮。

2014年12月31日

病中感怀二首

一

病榻难眠暗夜长，隔窗遥见几星光。
肌瘤十载藏深腹，隐患一朝除苦肠。
郁郁心情从此转，绵绵思绪不由张。
眼前剧痛何须虑，他日回眸忆药香。

二

病中寂寂盼春归，步出城郊醉日晖。
白屋银坡迷老树，红椒玉黍挂柴扉。
犬儿跳跃争相吠，鸟雀欢呼上下飞。
伫立多时心气静，风消块垒紫霞围。

2015年2月3日

贺南湖诗社成立十周年

一湖碧水孕诗盟，十载耕耘踏浪行。
春草发时笺吐玉，秋枫红后笔燃情。
闲从石径寻唐韵，偶过廊桥觅宋声。
回望同斟须放量，桃源深处结新瑛。

2015年2月6日

乙 未 迎 春

神羊昂角贺时嘉，大野回春披锦霞。
反腐罡风除百弊，亲民良策惠千家。
吟坛接涨排云浪，艺苑频开并蒂花。
序幕恢弘乘势上，煌煌伟业写天涯。

2015年2月12日

乙未新春随笔

久盼东君缓缓回，当空晴日照江隈。
冰河乍裂涛声近，岸柳初萌鸟语猜。
漫卷云心驰野陌，轻拈瘦笔向吟台。
推窗又见风消雪，料想岭梅应渐开。

2015年2月15日

贺中华诗词学会“四代会”召开

羽扇轻摇许未迟，吟襟起处舞琼枝。
山分五彩连云涌，浪打千重作马驰。
边塞胡笳承古韵，京华大吕奏新诗。
欣逢盛举情难抑，把盏宜当趁此时。

2015年8月7日

乙未秋游东戴河观碣石感赋

碣石之前感慨多，遗篇尚在尔曹何？
云崖暖处洪波涌，沙渚滩头巨舸过。
忆昔枭雄鞭断水，叹今泳客钓垂涡。
悲情难抑鸥群啸，嘹唳似闻沧海歌。

2015年9月22日

乙未中秋晨起拾得落花感赋

夜雨初晴小院新，疏枝滴翠望出尘。
诗情律动寻佳句，瓣蕊纷披剪有神。
花气清泠秋韵早，蛩声断续月华珍。
琼瑛许我轻轻吻，一缕幽香寄故人。

2015年9月27日

欣评正高感赋

枫叶经霜色愈浓，浮云老雁又凌空。
孤灯四载情何苦，散论连篇志未穷。
纵使冰心能净月，也需儒将敢擎弓。
会当绝顶张双翼，再向烟霄唱大风。

2015年10月23日

咏 雷 击 木

似血斜阳照茂林，望中雪岭莽森森。
但留断臂连天举，难诘惊雷动地阴。
铁干无言知伟岸，焦躯解甲见初心。
兴衰纵使成千古，别样情怀一梦深。

2015年12月12日

乙未冬至前过长白山山神庙

嵯峨庙宇远尘音，松纛摩云雪径深。
雾起尊前生静谧，泉流石上历晴阴。
寒披渐悟渔樵苦，小伫犹参神圣心。
数度遭逢兵燹后，大荒高仰到如今。

2015年12月23日

乙未冬过长白山泰安寺

灵山藏古刹，殿阁倚云雄。
曲径埋深雪，高墙没碧丛。
鸡闲留竹叶，泉冷咽松风。
向晚禅音起，群峰袅袅中。

2015年12月24日

乙未冬下榻一山一蓝酒店温泉沐浴得句

半倚云峰幽静地，氤氲紫雾对琼瑶。
山泉水滑强筋骨，草药根深瘦腹腰。
片刻蒸腾尘俗远，连番沐浴病魔消。
若君过此须留意，下榻一蓝何必邀。

2015年12月29日

元旦登高有作

一元伊始迎新岁，纳福登高向远岑。
郭外荒原风夹雪，山中冰涧水鸣琴。
藤缠老树斜幽径，日照香炉滤俗心。
清气盈胸真畅快，松涛鼓荡好披襟。

2016年1月2日

长白岳桦二首

一

为染苍山翠，凌寒向绝崖。
峥嵘弹雪韵，匍匐斗霜华。
气贯中霄月，襟披大野纱。
登临堪放眼，浩渺日西斜。

二

节劲擎高志，巍然卓不群。
虬根盘峭壁，铁臂挽流云。
勇斗苍凉雪，豪书壮丽文。
居高不自傲，落落树中君。

2016年1月11日

美人松二首

一

本是瑶池玉树胎，独钟此处下凡来。
罗浮淡扫丹霞色，云髻斜堆碧雪皑。
鸣凤高怀衔紫雾，栖梧夙愿倚雄才。
叹君绝俗偏遭妒，遗世仙株可数哉！

二

翠盖苍苍曳粉裙，仙姿直欲醉人魂。
经霜褪尽浮华色，浣雪妆成碧玉根。
绮梦情怀迎晓日，寒梅品格向黄昏。
倚君小憩思潮涌，共我冰心不计论。

2016年1月19日

丙 申 贺 春

又是冬寒渐退时，春潮在望柳先知。
回风吹雪山成韵，喜鹊穿林梅吐诗。
夕爆银花迎福瑞，朝衔紫气叩瑶池。
金猴已奋千钧棒，策马新征再出师。

2016年2月1日

恭步岳琦会长《早春遐思》而作

料峭轻寒里，冰融不觉间。
当窗听树醒，向晚看溪潺。
心共楼头月，神游廓外山。
和风如解意，紫燕挽春还。

2016年3月13日

佟佳江畔怀古

一湾佟水向东流，两岸风华别样幽。
曲柳穿莺堪入画，醴亭初暑正舒眸。
鼓鼙依旧空山隐，铭刻生辉故垒留。
慢抚龙头谁问取[①]，千年古墓几王侯？

2016年6月30日

【注释】

①龙头：地名，下龙头山，在佟佳江畔。

咏繁荣村莲花池

幽深柴院小莲塘，涟滟清波泛崇光。
粉面开时香入槛，蛙声起处韵盈堂。
半帘疏雨鸳鸯醉，一线轻风枕席凉。
到此忘机谁共我，红尘远遁曲流觞。

2016年7月2日

游金银峡

云岭豁然开一隙，飞流直下舞琼琚。
涧弹琴韵听高远，心逐慈光慕净虚。
入峡方知林海莽，萦怀更忆鸟音徐。
情耽此处佳山水，向往临溪结碧庐。

登老秃顶山留句

凌空独步岭披纱，疑是神仙处士家。
数朵小花摇客梦，一坡碧草剪天涯。
鸟鸣谷底尘音绝，云抱诗肩石径斜。
若待朝晖初破晓，曦光璀璨早侵霞。

2016年8月14日

过其塔木感怀[①]

适逢雪霁暖阳开，为谒先贤辗转来。
古镇依山涵质朴，芳园傍水蕴鸿才。
贡粮昔入皇家院[②]，剪纸今传陌野垓[③]。
若尔不知其塔木，应怜翘楚在边台[④]。

2016年12月4日

【注释】

①其塔木：即其塔木镇，位于长春市九台区，在历史上就是军事重镇、商贸中心、兵家必争之地，显著的区位优势使其成为九台区东部的中心镇。

②贡粮：其塔木农耕文化源远流长，在明朝就设立了其塔木卫，并设有专职收粮官员，清康熙年间在此设立官庄，作为打牲乌拉粮食生产基地，光绪年间立贡粮碑一座，适宜水稻、玉米、高粱、黄豆、谷子、糜子、稗子、小豆、绿豆等农作物种植。除贡米外，还有鳇鱼、三花一岛、东珠、哈什蚂、小根蒜、山野菜和猎物狐狸、狍子、兔子、野鸡等成为贡品。

③剪纸：指其塔木农民以满族风物为主的剪纸，极具特色。

④翘楚：指成多禄。清末民初在关东为官的人当中，以宋小濂、徐鼐霖、成多禄三人最为著名，世称“吉林三杰”。“三杰”之中成多禄以其诗、书俱佳而闻名关东、享誉京城，有“三杰”翘楚之称。

参观成多禄文化纪念园感怀

新建芳园古韵深，虬枝翠叶远尘音。
诗题四面银灯壁，文驻八方骚客心。
一水蜿蜒洇翰墨，群山环抱豁胸襟。
成公若有英魂在，旷达高怀自放吟。

2016年12月17日

步养根斋先生韵迎丁酉年贺《春韵满神州》出版

十二年来唱大东，连台叠句众心同。
松涛起处诗成阵，流派开来羽化功。
雪里家山云出岫，梦中图画剑横空。
春寒虽带三分俏，新岁已迎和煦风。

2017年1月25日

新春雅聚步叶剑波韵并谢

莫问风回第几春，郊原阡陌一番新。
举樽邀月苍山醉，联袂飞花秀水匀。
激越吟鞭惊宿鸟，铿锵韵鼓赶年轮。
情融塞雪怜高义，柳叶桃根待雨巡。

2017年2月26日

年喜花都

东牟山上放眸寻，野径横斜没密林。
未觉春时花报喜，得闻香处我行吟。
绽于雪岭元无价，凝在泥炉亦有心。
手捧奇珍痴不语，但凭云水弄溪琴。

2017年5月6日

沙津树壁得句

采风旖旎到沙河，沟谷幽深岁月磨。
洞倚高崖凝碧垒，机耕沃野浣花坡。
环城树壁兵灾少，绕水人家钓叟多。
今越千年思上古，奇闻催我费吟哦。

2017年5月7日

游沙河峡谷得句

天门岭北虎崖东，沙水横流乱棘中。
一谷幽深涵冷月，群峰陡峭接苍穹。
鹰叼稚子因情切，马踏连营趁雾濛。
千载传闻都远去，回眸但见映山红。

2017年5月14日

游石湖故邑得句

闻道东牟景最奇，望中故邑草披离。
石湖水冷山头月，古柳烟凝岸上思。
几片残陶纹久远，一川遗冢梦参差。
沉香袅娜凭云绕，汩汩溪声伴鸟啼。

2017年5月14日

贺吉林省诗词学会成立三十周年

吟啸关东三十年，诗声激越胜从前。
晶莹雪国空灵性，妖娆沃野演奇传。
树旌端赖风云笔，证史何须长短笺。
今襄盛举当联袂，振藻挥翰慰圣贤。

2017年5月14日

为纪念“七七事变”八十周年并九一八是抗日战争开端而作

抗战开端九一八，钩沉史海岂容差。
奉天城内烽烟急，山海关前剑戟斜。
安内为先真可耻，拒倭在后更奇葩。
江桥热血连天涌，松水滔滔卫国家。

2017年7月7日

题安图矿泉水

长白松林秀，安图碧水优。
清波空月色，激响动星眸。
但与高山伴，羞同俗世流。
烟霞皆是客，一曲鉴千秋。

2017年7月14日

伏天爽雨

一震惊雷暑热消，倏然翻卷墨云飘。
风携爽雨枝犹翠，蝶逐幽香蕊更娇。
煮茗窗前增意趣，赏荷亭畔感妖娆。
炎凉自古由天定，月影轻移过小桥。

2017年7月21日

翟志国老师三周年祭

倘若苍天感我思，当知最忆是恩师。
孤灯伏案挥毫处，细雨敲窗琢璞时。
吟啸关东风飒爽，纵横塞北雪琉璃。
几多慨叹悲难抑，惟寄诗翁酒一卮。

2017年7月27日

七夕拟十二仙联袂再降壹号庄园[1]

疑似瑶池十二仙，披霞联袂降山前。
眸清堪比溪间水，韵雅犹追岭上烟。
玉袖挽来云一朵，铎铃摇落梦千年。
霓裳惊醒林中鹊，纷向银河做渡船。

2017年8月29日

【注释】

①壹号庄园：位于吉林省通化县转水湖畔，四面环山，是一个风景秀美的养生胜地。

农安拥水公园

初秋寻雅趣，伫望小桥东。
水软山依翠，风微蓼欲红。
垂纶闲钓客，舞扇老顽童。
燕子啁啾处，南归在约中。

2017年8月17日

痛饮黄龙府

今日黄龙在，思之感慨深。
鼓鼙虽远去，故事可追寻。
塔记千年史，花开一脉金。
鄂王如到此，痛饮壮雄心。

2017年8月23日

剑鹏马城参观有感

细看群骝了闷中，皮缰木厩敛雄风。
腾云健足雪花白，跨海蛟龙汗血红。
若散长鬃凭啸傲，惟期大野醉西东。
可怜商贾逐高利，万丈豪情总是空。

2017年8月29日

题太平池水库留照

红紫摇秋蓼，银辉漾碧湖。
鸥飞云漫布，舟压浪轻濡。
水阔穹庐远，神怡气胆舒。
夕阳衔一豆，归意有还无。

2017年8月29日

赴安图会延边众诗友有纪

灵山藏圣水，应约会群贤。
秋圃花摇梦，村醪客品鲜。
听蛩知远近，鉴史晓方圆。
拱手长相揖，依依月不眠。

2017年8月29日

喜迎十九大

露湿苍山枫渐红，缤纷秋意撞明曈。
领头雁叫霜晨里，联袂舟行碧浪中。
血染镰锤成大道，情牵家国践初衷。
新晴气爽胸襟阔，喜看青霄万丈虹。

2017年9月21日

公主岭荣获中华诗教先进单位称号志贺

矢志耕耘七度秋，培根沐雨在田畴。
情融雪域文风劲，墨染松涛剑气遒。
雅教殷时功致远，诗花绽处景偏幽。
此番载誉开新局，金匾高悬再放讴。

2017年12月12日

龙头山风景区滑雪

龙头雪岭接清虚，老树森森入画图。
玉瀑悬崖冰剑冷，银橇驰野晚霞铺。
鹰追云路翔千里，我与山风共一呼。
纵越狂飙消块垒，归来沉醉不需扶。

2017年12月22日

德惠诗社年会留题

春风催蕾正当时，饮马河边栽秀枝。
苗圃初耘期爽雨，航帆新启趁晴曦。
人勤最喜郊原阔，志远应关雪雁姿。
流派开来舒望眼，问谁不赞此间旗。

2017年12月26日

赴新疆支教行吟三首

一、过克兰河[①]

千年积雪化清流，日夜奔腾不复休。
古老石桥雕过往，青葱白桦伫春秋。
藏金漱玉声名远，抱月摇星草木柔。
漫倚栏杆游目望，闲云与我共悠悠。

2018年1月7日

【注释】

①克兰河：在新疆阿勒泰市，盛产奇石，形态奇特，具有很高的艺术观赏价值。克兰河里也能淘到黄金和玉石。

二、晨起登骆驼山[①]

雄峰矗立已经年，赭石嶙峋树接天。
羊逐青青萱草上，人浮朵朵白云边。
朝霞烂漫风梳鬓，夹路蜿蜒露湿烟。
一塔崔嵬檐钓月，骆驼半卧似参禅。

2018年1月7日

【注释】

①新疆阿勒泰地区首府阿勒泰市，三面环山，南边骆驼山，北边将军山，两山对峙，日夜守卫着边城的幸福和宁静。克兰河在骆驼山脚下流过。褐色的骆驼山，迎河面山，雄伟挺拔，陡峭险峻、登上峰顶，阿勒泰市市容尽收眼底，是徒步登山探险旅游的好地方、山头上一座宝塔，叫骆驼塔。猛然看去，和乌鲁木齐的红山很相像，也有点像延安的宝塔山。这山、这塔，是阿勒泰

市的标志。山上有块天然岩石，犹如骆驼，故名骆驼峰，山也因之而名。

三、可可托海[①]

四月丛林花未繁，蜿蜒碧水自潺湲。
苔浮石壁绒犹浅，雾锁山巅景已暄。
云朵悠闲追落日，羊群懒散卧芳园。
怡人最是原生态，醉赏痴痴竟忘言。

2018年1月7日

【注释】

①可可托海：镇名，位于新疆维吾尔自治区富蕴县城东北四十八公里的阿尔泰山间。可可托海，哈萨克语的意思为“绿色的丛林”，蒙古语意为“蓝色的河湾”。

海南凤凰岛度假迎春

十二仙戊戌分韵迎春诗会拈得“春”字[①]

信步天涯别有春，望中旖旎正宜人。
浪花翻处霞千尺，鸥鸟栖时月一轮。
品茗椰前消俗虑，吟诗廊下念乡亲。
因怜此地真辽阔，垒个蜗居好做邻。

2018年2月1日

【注释】

①2018年新春伊始，十二仙媛邀约联袂迎春，以“东风催水日衔山，春来都是闲”为韵部，拈字为韵，限赋七律迎春。阿豆拈得“春”字，故作。

步养根斋先生韵戊戌贺春

迎新韵鼓送寒冬，岸柳衔凇最动容。
几处冰河洇水墨，一江晓雾隐行踪。
但知苦旅终将尽，莫问天涯是否逢。
年喜花开春已启，鹧鸪声里沐熹彤。

2018年2月5日

旅居海南九所逢小年偶得

人在天涯望远山，最牵情处是乡关。
半庭霜月撩思绪，一树红荆展笑颜。
岁晏风微春的皪，水环烟袅梦斓斑。
暮云消散晴方好，助我兰舟择日还。

2018年2月8日小年

步石头兄韵致谢海南九所友人①

养生寻梦到琼州，小屋温馨慰客愁。
塞北凇花天际远，南溟雪浪眼前幽。
椰风款款牵衣袂，鸟语啾啾入画楼。
无赖紫荆多意趣，往来频拂玉人头。

2018年2月10日

【注释】

①石头兄：指郑综，网名黑石头人，擅长五律。

和邓会长临高后水湾感赋[1]

南溟后水湾，旖旎出山川。
晓雾缠红树，朵云浮翠巅。
人游仙境里，舟泊古桥边。
驰目追鸥鹭，诗情上九天。

2018年2月10日于海南九所

【注释】

①邓会长：邓青叶，海南省临高县机关诗词学会会长。

读南烨林琼北博厚和丰村劳总家拜年赠和[1]

缕缕春风拂美田，农家喜乐胜从前。
时蔬鲜嫩莹珠玉，老酒浓醇呈锦筵。
宏论之时茶一味，和丰醉处梦三千。
勤劳自有天相助，诗韵悠长好运年。

2018年2月19日

【注释】

①南烨林：海南省临高县税务局干部王城力，古诗词爱好者。

次韵恭贺岳琦会长八十华诞

德高源自至诚修，福寿绵绵莫问由。
墨染东荒山共乐，情耽鸭绿水长流。
一襟松雪何妨老，八十遐龄未许愁。
此境直教陶令醉，但期百岁信能求。

2018年3月8日

观2018人大政协两会盛况感赋

三月京华冰乍开，群贤荟萃筑高台。
苍山萌绿催征雁，瑞雪衔春唤早梅。
舵引千帆争海日，民凭百业养根荄。
但期棠政行天下，圆梦神州快意哉。

2018年3月25日

瞻仰嘉兴南湖红船感赋

濛濛细雨点平湖，小燕啁啾旧日居。
雾锁楼台浮绮梦，水融花气入诗余。
诸峰耸处云烟绕，白鹭归时夜幕徐。
瞻仰红船多感慨，凭栏又复寸心初。

卷三　绝句

春　风

神州万里暖霞曛，浩荡东风潜入门。
唤醒池塘千百柳，催开野陌杏花魂。

2010年3月5日

贺建党八十九周年三首

一

明灯一盏照乾坤，华夏万民同沐春。
风雨征程携手过，高擎美酒祝福频。

二

暗夜神州水火深，明灯一盏照乾坤。
砸开铁索千山秀，飘洒甘霖百业繁。

三

党旗红艳九州春，棠政惠民花草萱。
多难兴邦识党性，明灯一盏照乾坤。

2010年6月29日

三角龙湾

龙湾美景诱新诗，天碧无垠运笔驰。
待到层峦霞色染，一湖蓝绿不由痴。

2010年7月10日

初春偶感

红尘转瞬又芳菲，应是东君默默回。
莫叹人生多苦难，诗心不老自生辉。

2010年7月11日

近来暴雨有感三首

一

中华水患日趋狂，摧我家园毁我疆。
裂胆撕肝心绞痛，黑云不去恨天长。

二

连日愁云煎我肠，长江两岸又罹殇。
愿生两翼飞天外，唤醒金乌着彩妆。

三

暴风骤雨势如雷，烈马长嘶逐日摧。
谁挽狂澜依岸雪，三军守坝显神来。

2010年7月21日

三角龙湾之翠掩金桥

疏雨初晴美景寻，风摇翠叶醉蝉音。
十分娇色谁分绿，不语溪桥一道金。

2010年8月5日

游西湖得句二首

一

西湖水美醉婵娟，纸伞悠悠缘暗牵。
不是雷峰无爱意，只因法海太痴癫。

二

可怜前世白蛇仙，千载相思今又还。
伞落桥头留一梦，清波映月写三潭。

2010年8月5日

蒲　公　英

前世今生陌野花，依云伴水不堪嗟。
粘衣拂袖随风舞，处处馨香处处家。

2010年8月30日

秋　　吟

一抹微蓝韵味悠，凭栏遥望楚天秋。
南翔雁阵排空去，今古文章笔底收。

2010年11月8日

咏情篇十首

一、亲　情

化雨三江暖，驱寒万里金。
天涯隔不断，野火见真心。

二、友　情

胜似亲兄弟，相知道义深。
同舟风浪里，肝胆共披襟。

三、爱　情

比翼长空里，双枝并蒂栽。
前生牵一线，今世两无猜。

四、真　情

清纯山涧水，不染一丝尘。
万里飞腾去，魂惊天下人。

五、热　情

熊熊如烈火，燃己又燃人。
百尺寒冰化，千年铁木春。

六、豪　情

剑气横胸贯，波涛一点平。
摩云追日月，笑把九天惊。

七、痴　情

云追川北月，月念岭南云。
望眼穿迷雾，倾心一世芬。

八、诗　情

旖旎春江水，雄浑大漠风。
蝶飞风雅颂，梦幻百千虹。

九、乡　情

千山难隔断，万里载云归，
满腹相思意，近乡珠泪飞。

十、闲　情

有似山中鹤，情牵一抹云。
超然三界外，但喜雪纷纷。

2011年1月5日

流年一路等花开三首

一

流年一路等花开，沐雨披风几度哀。
大漠胡杨念何苦？枝枯也候玉人来。

二

堪叹高山寂寞怀，流年一路等花开。
痴心不改旧时梦，一任风霜雨雪裁。

三

长空古月掩星来，不意阴晴为梦栽，
纵使纤云飘逝去，流年一路等花开。

2011年1月6日

腊八随笔

雪舞长空玉树雕，诗书伴我度寒潮。
聊将心事和粥煮，五味杂陈香糯飘。

2011年1月12日

独行漠北瀚海扬帆五首

用“吹笛到天明”韵

一

独行漠北朔风吹，鬓染冰花却为谁？
三载网缘情缱绻，一笺诗意任参差。

二

最怕深宵闻苦笛，多情总被无情击。
高山不晓水流东，枉自依云新韵觅。

三

恍然梦里兰笺到，锦字流丹似问好。
无奈纤云摄月归，晨星唤取灯花报。

四

霜染枫红霞满天，深黄浅紫袅轻烟。
云崖自有玲珑客，约会清风又一年。

五

月隐星藏晓色明，分花拂柳贯长缨。
千番往事随风去，瀚海扬帆向远行。

2011年1月21日

小年念远[1]

家乡又是小年时，念远萦怀怅雁迟。
行客天边闻爆竹，一杯浊酒解相思。

2011年1月26日

【注释】

①全国各地过小年的时间是不一样的，北方人腊月廿三小年，南方有些地区腊月廿四小年，海上渔民腊月廿五小年。所以小年并不是全国都在同一个时间过。写这首诗的时候，恰逢北方家乡小年，余出差所在地是腊月廿四日过小年，所以感慨而作。就有了“家乡又是小年时”的开篇之句。

春暖花开四首

一

春雪飘飘漫古堤，暖风款款过桥西。
花魂翘首思遥梦，开砚铺宣自在题。

二

春芽萌动诱诗鲜，暖雾升腾罩美田。
花梦依依虽未醒，开屏孔雀惹人怜。

三

开流创派云腰瘦，花绽高原对月暄。
暖岁枝条牵凤翼，春风拾韵溢芳园。

四

开炉煮酒喜迎宾，花草盈香撩韵新。
暖幕流丹霞正艳，春娥袅袅远纤尘。

2011年2月10日

一枝春暖寒窗夜二首

一

一枝春暖寒窗夜，万蕊千芳枉自伤。
傲骨冰肌何所似，琼花尚叹少馨香。

二

一枝春暖寒窗夜，万缕诗情入梦芳。
叠韵其间迷不醒，帘衔月色醉西厢。

2011年2月28日

萧红百年祭三首

1941年12月8日，日军占领香港。1月12日，萧红病情加重，被送进香港跑马地养和医院，因庸医误诊而错动喉管手术，致使萧红不能饮食，身体衰弱。1月15日，端木蕻良和骆宾基将萧红转入玛丽医院。第二天，萧红精神渐复，她在纸上写下“我将与蓝天碧水永处，留下那半部《红楼》给别人写了”“半生尽遭白眼冷遇，……身先死，不甘，不甘”。

一

半卷红楼梦一痕，满是传奇满是真。
生死难移家国志，悲欢也铸女权魂。

二

呼兰河畔觅清芬，半卷红楼梦一痕。
魂散香江情不舍，思卿无语泪倾盆。

三

细品萧红心海文，泫然几度问青云。
蓝天碧水情何系，半卷红楼梦一痕。

2011年2月25日

庆三八组诗　桃花依旧笑春风七首

一

小院盈盈一树桃，花红叶碧自陶陶。
怜人解意知春暖，诱我吟哦兴致高。

二

挥刀断水他乡去，世外桃源傍异花。
抛却凡尘些许恨，清心烂漫自无邪。

三

烂漫春心开野陌，垂髫时节最依依。
百千蜂蝶随风闹，温婉低眉照水痴。

四

荒原料峭寒依旧，独立中庭风满袖。
细数流年月夜明，诗情不老人空瘦。

五

恍然梦里桃花笑，月吻香腮春意闹。
执手凝眸忆念痴，晨阳若解休升早。

六

三月桃红无限春，香薰十里醉千门。
翩翩彩蝶团团绕，只为秋来子满盆。

七

依栏半醉沐熏风，小月弯弯傍竹笳。
明艳红桃昏欲睡，此时仙子也慵慵。

2011年3月3日

东方第一村

第一春光何处觅，图们江左有山村。
金鸡报晓晨阳起，犬吠三疆相对喧。

2011年3月7日

早春飞雪二首

昨夜，春城又降了一场中雪，故作。

一

塞上春回淑气生，忽然一夜雪倾城。
阴晴不定娃娃脸，鹊鸟枝头婉转鸣。

二

昨夜绒花覆满城，今晨秀色透窗明。
虽无翠柳摇春韵，却也妖娆令动情。

2011年3月25日

赏大唐兄驼道岭风光照三首

一

相传天外有仙宫，驼道归来难认同。
雾海云涛浑似画，蛟龙起处伴松风。

二

漫卷云波驼道岭，人间仙境妙天成。
莫非玉女凌空舞，万朵莲花一笑倾。

三

驼道峰奇景色佳，嶙峋傲骨向天涯。
寻幽应在初晴后，雪润松香更暖怀。

2011年4月12日

丁香诗社周年有寄

又是春来百蕊芳，清幽淡雅数丁香。
品高何惧凌寒地，自有诗心韵里藏。

2011年4月12日

图们江放歌二首

一

五月春游哪里去，海兰江畔看梨园。
迎眸万朵白云舞，更有幽香衣袂存。

二

香甜雪海浪堆山，蝶舞春风淡柳湾。
最喜八方佳客至，城中老少笑开颜。

2011年4月25日

网 名 串 烧[①]

方圆天地间，好大一瓜田。
撒豆成星雨，看云逐日边。

2011年5月6日

【注释】

①本绝句含有四位诗友网名。首句：方圆；次句：李瓜田；三句：阿豆；末句：看云。

谁把桃花散作愁三首

一

谁把桃花散作愁，无言又上望江楼。
匆匆流水空怀恨，一缕清风隔岸柔。

二

平波卷絮乱清眸，谁把桃花散作愁？
片片纷飞层浪里，惟留月影对帘钩。

三

北望长安又一秋，追云逐日竞风流。
旌扬万里情迷处，谁把桃花散作愁。

2011年5月31日

祝贺耐师荣任丁香名誉社长[1]

丁香紫韵缔嘉园，翰墨生辉耐寂轩。
提领群英书锦绣，春风旖旎共星繁。

2011年6月2日

【注释】

①耐师：翟志国，网名耐寂轩主。

驾起红船向未来四首

一

驾起红船向未来，旌旗指处浪花开。
千难万险随风去，指引山河震九陔。

二

五星辉映曙光开，驾起红船向未来。
四海同心争盛世，神州处处展英才。

三

激情挥洒云天外。万壑千山成一派。
驾起红船向未来，复兴华夏真豪迈。

四

星火燎原国运开，凯歌行进匠心裁。
缤纷五彩连环宇，驾起红船向未来。

2011年6月7日

品通天美酒二首

一

通天美酒入喉柔，山野蓝莓韵味悠。
叠醉清芬君莫笑，超然逸兴远千愁。

二

谁惹相思到梦乡，通天美酒醉柔肠。
殷红一点沾唇后，万朵桃花别样芳。

2011年6月20日

赶马河印象四首

一

赶马风光秀，红亭倚翠开。
缤纷芍药蕊，撷梦向天限。

二

红瓦蓝墙丽水潺，闲云几缕绕山巅。
池鱼懒理游人事，自在浓阴傍睡莲。

三

探胜寻幽赶马河，家鸡散养在山坡。
晨钟不扰香酣梦，鲜蛋出时林雀歌。

四

新风漫卷茂山边，雨润平畴好种田。
蔬菜大棚层叠起，奇花异果四时鲜。

2011年7月8日

通化大泉源酒厂拾墨五首

一

茂儿山下甘泉美，诱我吟哦久未眠。
不胜清芬弹月夜，百般红紫入青笺。

二

欣闻御酒大泉源，享誉关东四百年。
木海情深深几许，神龙戏水水连天。

三

一脉清泉出大荒，甘醇味美韵悠长。
古来王者多争饮，谁与谪仙同举觞。

四

千年古井锁清流，酿得琼浆别样优。
王母瑶池开盛会，群仙半醉宝泉头。

五

诗花没有酒花香，为赋新词频举觞。
倾尽才思无好句，聊将残墨对斜阳。

2011年7月8日

访金贡源米业

粒粒晶如玉，菽香漫茂川。
情摇千斗梦，水煮一方天。

2011年7月19日

通化县古遗址杂咏三十韵

一、江口遗址

两江古墓隐川中，遗址今居村落东。
残瓦犹存陶土印，乡情俚调韵相通。

二、于家沟遗址

于家旧址卧蛟龙，宝地溪流唱浅淙。
石镐由来藏拙朴，麦芽秀穗显真容。

三、龙岗遗址

龙行虎步在浑江，漫野狼猿莫不降。
石破天惊千百代，奇岗依旧匹无双。

四、江沿前岗遗址

眺望前岗日暮时，氤氲紫雾正迟迟。
村烟袅袅随风散，河谷春秋照替之。

五、小龙头山遗址

西江梦醒晓风微，三址连环伴日辉。
石剑横空云水怒，前朝往事信不菲。

六、沿江遗址

上古先民逐浪渔，沿江撒网岸边居。
有风约得龙蛇醉，陶豆沉沉莫不书。

七、土珠子遗址

此间石镐亚腰殊，耕地犁田荡杂芜。
承载先民风物志，安居乐业土成珠。

八、光华十队遗址

小燕春来啄雪泥，石刀火剪启新犁。
悠悠岸草连根起，紫陌掀开韵一题。

九、东台子遗址

玄菟旧梦看东崖，碎瓦残陶次第排。
漫启花岗云幕后，泥沙岁月信无差。

十、金珠遗址[①]

靴形石镐傍岩隈，未见残陶惹绿苔。
寻遍史书无旁证，莫非此地化难开。

【注释】

①金珠遗址出土一靴形石镐，未见陶片。

十一、西岗遗址

青铜利器富家珍，此地非同百姓身。
遗址昭然明不二，蝲蛄河水唱嶙峋。

十二、河口窖藏遗址

万贯铜钱印记真，开元通宝百家分。
辽金旧史烟云渺，华夏钩沉史海熏。

十三、小南沟遗址

南沟山顶迹犹轩，石器分明磨打痕。
砍砸刮削蛮野去，文明路上省晨昏。

十四、下排遗址

金源铁剑映光寒，马镫长矛不一般。
必是当年烽火起，英雄浴血战龙蟠。

十五、富江遗址

贾假曾经漫富山，铜钱捋撒醉花颜。
妖娆潋滟泥河上，似见商船首尾攀。

十六、白石砬子遗址

辽金宝地大平川，白石名闻映月圆。
铜镜双龙纹饰美，铁锅六耳火红天。

十七、小都岭石范遗址

都岭铜矛战火烧，平岗石范辨前朝。
硝烟散去存明镜，料想当初照影娇。

十八、黎明南山遗址[①]

祭坛梯式位南郊，牛马三牲在此爻。
沟堑蛮荒因未解，缘绳索事莫相嘲。

【注释】

①此地发掘出青铜器晚期至战国时期三环阶梯式祭坛。

十九、石湖关隘遗址

石湖关隘隐松涛，如马嘶鸣逐浪高。
史海钩沉均过也，惟留故垒伴荒蒿。

二十、英戈布后山遗址[①]

沿宽底厚小铜锅，制作粗糙锈迹多。
倒木沟中当特有，双层文物费吟哦。

【注释】

①此遗址发现了一个小铜锅。

二十一、英戈布窑上遗址

两河激荡土如砂，潋滟清波伴小丫。
玉佩双环悬耳畔，石刀三刃挂君家。

二十二、金斗后山遗址

金斗后山年代久，沉沉石斧刃斜长。
耕樵渔猎蝲蛄调，浅唱低回云水乡。

二十三、建设山城遗址

高崖之上有山城，俯瞰东西四面旌。
关隘重重生死地，雄兵十万叹难倾。

二十四、任家街窖藏遗址

宝窖深深铜币青，任家丰润有高厅。
初闻脚镣心惊甚，不晓谁人锁此铃。

二十五、黎明北山遗址

望江亭上月初升，山北山南一样澄。
烽火连天曾记否，恍闻战鼓袅云兴。

二十六、黎明东山遗址

哈尼采石耀千秋，挥洒激情浪里收。
坠网千层凭鱼跃，欢歌浅笑醉明眸。

二十七、英戈布障塞遗址

嵯峨雪岭动云岑，古塞霜欺到而今。
烽火余痕皆隐去，苍凉史笔向谁吟。

二十八、砬缝石棚墓遗址

蝲蛄河水转东南，砬缝石棚未相谙。
昼夜听闻鱼子调，当年故事几人勘。

二十九、西江原始社会墓地遗址

石珠石斧石刀剑，白骨森然引顾瞻。
是否先民混沌处，西江月下影深钤。

三十、二密台遗址

二密台边望远帆，云浓雾重障苍岩。
史前文化结绳事，浪卷涛飞向不咸。

2011年7月20日

纪念鲁迅诞辰一百三十周年有寄

孺子情怀尝百草，嶙峋傲骨铸华章。
撕心呐喊惊天地，裂帛丹青万古芳。

2011年7月28日

珲春采风拾句二首

一、张鼓峰登望海亭观中俄朝三国交界感怀[1]

望海亭中抬望眼，图江东去暮云收。
百年屈辱何时雪，张鼓峰前恨不休。

二、穿越中国曾借来的道路去看土字牌[2]

狭长小路断人肠，故地难回泪湿裳。
土字牌前空伫立，愁云又载雁声凉。

2011年8月26日

【注释】

①张鼓峰：亦名刀峰。

②土字牌：位于防川村中俄边界的起点处。于1886年中俄重勘珲春东部边界时竖立。高1.44米，宽0.5米，厚0.22米，为花岗岩。正中刻有吴大澂书“土字牌”三字。其左竖刻“光绪十二年四月立”八个小字，俄方一面刻有俄文“T”，与俄方设立的界碑并列。

初秋二首

一

镇日凉风晴转阴，诗心渐老少新吟。
苍苔不晓寒将至，偏惹闲愁阶下侵。

二

塞北初秋景渐深，重阴不再梦萦心。
若逢雨洗蓝天后，拾取斑斓恰似金。

2011年9月1日

教师节抒怀

值第二十七个教师节来临之际，时逢阿豆从教二十五周年。拙词以记之。

一生奋笔栽桃李，烛尽燃心苦乐殊。
窃喜花儿香满苑，不悲华发忘情乎。

2011年9月8日

写在辛卯年中秋二首

一、十五月

照我冰轮今在否，惊鸿一去影无踪。
琴音缕缕随云袅，徒剩清晖伴古松。

二、古今月

阴晴不定圆时少，看尽兴衰魄自寒。
璞石由来天铸就，今人莫做古人观。

2011年9月13日

秋雨落叶有思

一夜潇潇雨，推窗叶满台。
轻拈恐惊梦，私语记重来。

2011年9月19日

步鹏云兄韵谢忠凯兄招饮

莫叹相逢把盏迟，琴音一缕绕琼枝。
神随意动凭舒卷，云裹流霞不尽思。

2011年10月20日

贺神八与天宫一号完美对接①

苍穹一吻醉西东，对接奇观胜似虹。
不夜琼台舒爱浪，比肩欧美竞真雄。

2011年11月4日

【注释】

①神舟八号飞船，是一艘无人飞船，于2011年11月1日5时58分10秒由改进型“长征二号”F遥八火箭顺利发射升空。升空后两天，“神八”与此前发射的“天宫一号”目标飞行器进行了空间交会对接，成为一座小型空间站。神舟八号与天宫一号先后两次完成太空完美对接，标志着我国成为继俄罗斯、美国之后，世界

上第三个独立掌握载人航天器空间交会对接技术的国家，也标志着我国已突破并掌握了载人航天二期工程的关键技术，拥有完全自主知识产权，将对中国载人航天事业发展产生重大而深远的影响。

春城初雪兵哥邀饮有作

塞上雪初飘，佳朋畅饮豪。
争相拼一醉，忘我乐陶陶。

2011年11月16日

【题解】

1月13日初雪，兵哥邀约品味人生、开卷有益、雨后彩虹、金花、老顽童、大山、阿豆等诗友赏雪饮酒，其乐融融，拙词以记。

趣 题 麻 雀

一雀鸣来百雀和，山林野陌是侬家。
虚名淡尽无寒暑，啼落桃花啼雪花。

2011年11月17日

读耐师赠诗有寄

腊月琼花开满城，松江水绿雪莹莹。
寒烟逐梦尘心洗，听罢涛声听韵声。

2012年1月17日

耐寂轩主赠诗《戏题雪中红豆》[1]

腊月冰城烂漫春，琼花簇簇雪莘莘。
银装两岸真开眼，红豆一枚尤可人。

【注释】

①耐寂轩主：长春翟致国先生号，后文耐寂轩主同。

咏雾凇二首

一

素女凌寒舞，江城十里纱。
冰心一点梦，落入万千家。

二

信是瑶池玉露倾，江城一夜树晶莹。
千般美韵层层起，诱我诗情缕缕生。

2012年1月18日

壬辰新正雅聚得句二首

一

华天雅聚扣春扉，暗叠诗潮逐梦飞。
塞上冰封虽未解，情浓酒暖胜朝晖。

二

诗家兴会庆新正，换盏推杯语至诚。
看我关东争起势，开来流派报春声。

2012年2月4日

依韵谢果园兄兼贺新韵繁荣

新春阆苑开新境，墨客骚人共举觞。
策马龙腾翔万里，天河倒卷韵流长。

2012年2月12日

早春寄友人

春归塞上日融融，冻柳寒江暖梦中。
寄片兰笺传故地，花开是否可相逢？

2012年2月21日

塞北早春

风来紫陌雪消融，蛰梦寒江驿动中。
望去郊原清浅色，暖霞轻唤燕重逢。

2012年2月21日

春　　雪

昨日绒花覆满城，今晨秀色透窗明。
虽无翠柳摇春韵，却也妖娆令动情。

2012年2月23日

丁　　香

正是春来百蕊芳，清幽淡雅数丁香。
品高何惧贫寒地，自有诗心紫梦藏。

2012年3月6日

诗随流水送君听

独酌小酒盼佳朋，灯火阑珊夜暗暝。
头枕落霞观柳色，诗随流水送君听。

2012年4月1日

为最美女教师祈福二首[1]

一

可恶司机肇事端，千钧一发死生前。
飞身勇救双学子，大爱横胸立地天。

二

丹心化雨意纵横，师德殷殷血染成。
侠骨柔情君铸就，我倾热泪唤花明。

2012年5月22日

【注释】

①最美女教师：指“80后”青年女教师张丽莉，2012年5月8日晚，在失控的汽车冲向学生时，张丽莉一把推开了两个学生，自己却被车轮碾轧，造成全身多处骨折，双腿高位截肢。媒体报道此事之后，张丽莉成为家喻户晓的英雄人物，媒体报道中，“最美女教师”成了张丽莉的代名词。

长白山得名千年志贺二首[1]

一

异态文明久，峰开十六巅。
辽金传一脉，渤海越千年。

二

长白标新号，瑶池证旧篇。
高坛弘远志，盛世景空前。

2012年6月28日

【注释】

①为长白山文化发展论坛喜获巨大成功暨长白山得名千年志贺。

北戴河之夏三首

一、清晨漫步

沧海茫茫鸥鹭飞，惊涛拍岸动心扉。
此时如有生花笔，画到黄昏也不回。

二、午后畅游

北戴河边逐浪花，天高海阔任由赊。
暖阳熏得群鸥倦，出没风波唯有霞。

三、夜晚拾贝

雪浪银沙戏浅湾，岸边拾贝晚风闲。
海天一色青如许，踏碎斜阳傍月还。

2012年7月20日

访三狂草庐敬赠狂兄二首[1]

一

藤萝叠翠院亭殊，果满枝头韵满庐。
三径归真尘世外，冰怀醉向九天舒。

二

瓦舍红墙远俗尘，田园静谧隐狂人。
谪仙酒胆堪相似，逐梦情怀最是真。

2012年9月2日

【注释】

①吉林白城张文学先生网名三狂居士，其家院子中有一草庐，名为三狂草庐。

无　题

无忧自在乐无悲，心性空明魔不摧。
正气充盈邪恶去，淡然褒贬沐清晖。

2012年9月6日

2012春城第一场大雪

九月初八大雪，晨起上班路上偶得。

谁舞琼花下碧霄，晶莹六角恁妖娆。
悄然一片融腮上，水润清颜别样娇。

2012年10月23日

临江怀古三首

一、朝贡道

白山东望自嶙峋，鸭水奔流几度春。
古道西京明月夜，当年朝贡是何人。

二、鸭绿江放排

绿水汤汤几道弯，木排浩荡出云间。
谁人最解船夫苦，滩上湍流滩外山。

三、陈云铜像前有思

烽火连天映水红，孤军鏖战虎狼中。
指挥若定谁能比，俨有当年诸葛风。

2012年11月14日

成公多禄诞辰一百五十周年有思二首

一

翘楚关东地，清廉知府衙。
为官皆效此，宦海岂能奢。

二

不同流俗掷乌纱，两袖萧萧犹可夸。
静隐瞻园书岁月，松风鹤骨一诗家。

2013年6月27日

读鹏云兄《秋实集》集句以贺

暮写朝临几度春[①]，飞花妙笔落生神[②]。
箴言一组深情句[③]，雪语溪吟韵醉人[④]。

2014年2月25日

【注释】

①见《秋实集·耳顺之年闲记》第五十四页。

②见《秋实集·赏姚俊卿先生书法》第七十六页。

③见《秋实集·重温公木为学如爬山有感》第六十九页。

④见《秋实集·和张福有癸巳迎春》第二百七十二页。

早春随笔

连日阴霾虽未晴，雪融冰化两无声。
知春已在梢头望，窃问何时倾满城。

2014年3月9日

访农民诗人李彦二首

一

农家小院正当春，育种高棚映日新。
犬吠声声迎客到，相逢一握自然亲。

二

三间瓦舍暖红墙，水稻抽芽瓶里藏①。
我问主人何若此，笑言为验种优良。

2014年4月4日

【注释】

①机缘巧合，有幸拜访公主岭诗词之乡及农民诗人李彦，在李彦家里，有一个饮料瓶，中间装了半瓶刚刚抽芽的水稻。

甲午初春赴公主岭喜逢众诗友

岭上春晖早，田畴一抹霞。
相逢殊未已，不觉日西斜。

2014年4月23日

哭 送 翟 师

惊闻噩耗痛心扉，涕泗横流万分悲。
遥向长空书雁字，素花一簇送贤师。

2014年7月28日

抗联饮马池

饮马池边草木肥，枫丹桦白竞相辉。
风吟鸟呖撩思绪，似见当年弹雨飞。

2014年10月17日

将 军 泉

翠柏苍松碧满天，清泉汩汩诉当年。
将军百战狼烟里，洗罢征衣枕月眠。

2014年10月18日

蒿子湖抗联密营

密林深处见营盘，知为英雄避苦寒。
轻抚窗棂喉哽咽，此功安得等闲看。

2014年10月20日

过抗联李子林

苍山路险绝人烟，谁种李桃如此鲜。
想是英雄曾歇脚，天明上马又扬鞭。

2014年10月23日

见抗联之青松灶有思

日寇围追险万重，青松隐灶自从容。
连番破敌归来后，坐看炊烟上碧峰。

2014年10月30日

头七悼慈母

八十三年风雨路，含辛只为众儿孙。
一朝撒手天堂去，泣血悲号泪满襟。

2015年4月23日

怜库区鱼儿

堪怜未见海中波，素日悠游水库过。
怎料半年天大旱，一朝枉死恨多么？

2015年9月18日

冬日品茶读书乐二首

今天，长春迎来了入冬的第一场雪，恰逢周末，出差刚回不想再出门，在家里品茶读书，胡诌几句。

一

立冬时节雪初扬，庭院霜枝着淡妆。
惜取光阴闲过午，清茶袅袅伴书香。

二

日暮寒轻鹊踏枝，炊烟渐起晚归时。
纱灯照彻云窗暖，趁此烹茶品宋词。

2015年11月8日

小雪日插花得句

玉蝶翻飞岁渐深，流光倏忽去难寻。
盆花悄绽南窗下，裁剪心情自在吟。

2015年11月22日

【题解】

小雪日曾修剪一束花插瓶，凑了几句，现拟征和，欢迎有兴趣的朋友依韵或步韵赐玉。共同赏雪、共度冬日。

乙未冬下榻一山一蓝酒店温泉沐浴二首

一

岩底琼浆漾碧池，蒸腾薄雾煮相思。
佳人浴罢神清爽，一去牵怀回望痴。

二

玫瑰玉露洗柔肢，素手轻匀和雪诗。
月泻银晖松吐雾，幽香馥郁胜梅时。

2015年12月30日

一山一蓝酒店品玫瑰茶

柔柔瓣蕊着霞衣，泉水泥炉小火煨。
待到龙芽三啜后，幽香早已醉心扉。

2015年12月30日

题泰安寺白衣观音像

岂是衣如雪，云根早已空。
低眉观三界，化境入松风。

2015年12月31日

萨满部落杂吟三首

一、石人阵

石人列阵立荒山，浴雪经风只等闲。
故事幽幽穿远古，似闻铁马度雄关。

二、三洗泉

泉水清泠千古流，相传浴罢解三忧。
千年底事随风远，惟见溪弦弹雪幽。

三、悬棺

莽林深处辟为家，休戚相依度岁华。
身后悬棺枝上卧，魂兮不舍傍寒鸦。

2016年1月16日

援疆支教行前述怀

春检行囊未觉轻，驼铃漠上一声声。
此番纵马援疆去，圆我心中少小情。

2016年4月15日

【题解】

小时候看苏联电影《乡村女教师》，就特向往支教，正巧今年省教育厅组织援疆支教，就毅然报了名，明日即将起程，万般感慨，我的支教梦想终于要圆了。

附，张福有次韵送阿豆援疆支教

此行岂是一身轻，西域平添绛帐声。
上马未斟千里酒，阳关笑出见豪情。

附，蒋力华次阿豆韵送其赴疆支教

航程升起比云轻，诗友吟成喝彩声。
大漠胡杨恭敬接，春风做伴是真情。

悼安忠凯君

悲情不减默然思，珠泪涓涓忆俊姿。
驾鹤西行何太早，折花祭酒莫嫌迟。

2016年5月28日

翟志国先生逝世两周年忆生前琢璞有纪

昨夜潇潇雨未晴，恍然听得酌诗声。
原来李杜邀师饮，醉入关东又演兵。

2016年7月26日

白山采风三首

一、赠大栗子执勤点哨兵

一江浩渺百山青，手握钢枪彻耳听。
因晓肩头责任重，朝迎旭日晚披星。

二、看边防某部特战科目演练

猎猎旗风伴虎声，腾挪扑打任纵横。
今朝练就钢筋骨，他日冲锋特种兵。

三、夜宿白山军分区

夏夜风熏花气浓，江平水阔自从容。
中宵不寐推窗望，心逐冰轮上剑锋。

2016年8月12日

鸶鹭湖国家湿地公园花海漫游四韵[①]

一

鸶鹭湖边赏早秋，绵延花海撞明眸。
朵云流过添佳韵，衣袂飘飘伴我游。

二

红黄蓝紫缀秋光，花海徜徉衣带香。
更有联翩蝴蝶舞，游人那得不疏狂。

三

烂漫多姿绝俗尘，初秋情事不输春。
轻拈一朵怡然醉，莫笑卿卿率性真。

四

万蕊千姿陌野开，斑斓底事不须猜。
伊人漫步芳丛里，蜂蝶迷离乱扑腮。

2016年8月20日

【注释】

①鸑鷟湖国家湿地公园：位于吉林省辽源市东辽县东北部金州乡和安石镇交汇处。自然风光旖旎，生态环境优良，水文景观、生物景观、工程景观、文化景观等资源组合时空分布有序，烘托和谐，富有特色，滩涂、湿地、小岛、背景山林交相辉映，令人心旷神怡。区内大片的芦苇沼泽、库塘、浅滩等多样湿地环境为各种动植物提供了良好的生存条件。

丙申年冬初雪晨步

晨步园中爽气嘉，红黄间错绿犹遮。
十分秋色三分雪，一缕曦光侵早霞。

2016年10月22日

过九台其塔木有作三首

一、咏成公多禄

不同流俗掷乌纱，两袖萧萧犹可夸。
静隐澹园书岁月，松风鹤骨酌烟霞。

二、参观其塔木民俗博物馆

一馆琳琅眼界开，农家故事不须猜。
摩挲旧物思无限，俗到纯真雅自来。

三、关云德满族剪纸

勘钦妙手创神奇，人物风光千百姿。
虽是无言形栩栩，玲珑可比有声诗。

2016年12月20日

题图《美人尽俏》三首

一

霞帔凤冠模样娇，凌寒俏立接云霄。
销魂最是白头后，袅袅松香伴雪飘。

二

雪压琼枝琥珀身，亭亭俏立远纤尘。
宁无粉黛邀时宠，幸有松香稀世珍。

三

独抱幽姿立九垓，瑶池仙品美人胎。
一番朔雪凝诗后，万朵云霞入画来。

2017年1月19日

长白山养生谷七首

一、长白山养生谷之转水湖

群峰环抱玉深蓝，岸草青葱水聚潭。
鸥鹭起飞轻掠处，天光倒映两重岚。

2017年8月3日

二、长白山养生谷之雨后彩虹

雨霁层峦翠欲流，霓虹七彩照琼楼。
今临胜境谁同醉，岭上闲云水上鸥。

2017年8月5日

三、长白山养生谷之森林木屋

养生佳境不须猜，百卉斓斑掩径台。
最喜山深停歇处，云缠木屋胜蓬莱。

2017年8月7日

四、长白山养生谷之药师佛塔

迤逦乘舟湖上行，堤边柳绿草盈盈。
斜晖一缕阶前落，铃铎送来金玉声。

2017年8月7日

五、长白山养生谷之百合花谷

行愈深时景愈奇，馨香成阵更迷离。
一丛仙品居花谷，野卉含羞尽敛眉。

2017年8月9日

六、长白山养生谷之药仙葫芦

闻道葫芦仙界胎，志高怀远下凡来。
但凭大肚偿千苦，只为人间少病霾。

2017年8月9日

七、杨靖宇指挥部

怪石嶙峋草木深，抗联遗迹可追寻。
指挥部里藏英气，一岭松涛百战心。

2017年8月10日

瞻 辽 塔

古塔斜晖里，游人暮色中。
幽思追上古，一梦到辽东。

2017年8月17日

过农安花海

早秋花更盛，蒲苇笛初成。
若要争奇绝，应怀忘我情。

2017年8月17日

题 农 安

一水隈城郭，千家乐种持。
拥莲通佛性，打谷酿秋诗。

2017年8月17日

农安太平池水库

极目烟波接远山，苇丛深处鸟关关。
一湖秀色撩人醉，几朵闲云去复还。

2017年8月24日

剑鹏马城赏马观黑天鹅感赋

马在厩中鹅在池，遥遥相对惜华衣。
蓝天碧野何辽阔，几只蜻蜓自在飞。

《南京！南京！》拍摄地得句

残垣几处莽原中，瑟瑟芦花摇晚风。
慢忆当年家国恨，凭栏又唱大江东。

参加全国诗教工作会议四首

一、参会感赋

千里奔波未觉疲，润州风物惹人痴。
江限日暖云霞灿，诗教花开信可期。

二、榆　园

乍入榆园感气嘉，白墙绿瓦树藏鸦。
小桥流水蜿蜒处，几尾游鱼浴晚霞。

三、镇江初冬

南国初冬似北秋，丛花簇簇鸟声啁。
风微雨细沾衣袂，诱我诗心也泛柔。

四、游甘露寺感怀

甘露何曾降甘露，天恩浩荡是权谋。
尚香来去不由己，千古谁人识此愁。

2017年12月4日

重读《乡愁》悼余光中先生

一首乡愁两岸吟，风帆系处是归心。
涛声依旧诗翁去，捧读遗篇泪满襟。

2017年12月18日

松岭雪乡行吟四首

一、冬过鸭绿江

初冻鸭江流水寒，遥看两岸雪衔山。
扁舟一叶浮烟里，画境开时钓叟还。

二、雪村晨步

破晓村郊踏素纱，琼溪玉树竞豪奢。
夺眸最是银铃响，粉面红衣几小丫。

三、雪村赏雪

天寒何处赏幽奇，负手东篱醉雪姿。
小伫树前成一景，落梅肩上入新词。

四、过雪村品生鲜鸡片留题

玉刻玲珑貌似花，芙蓉鸡片正当家。
深山最是牵怀处，一缕松风半盏茶。

2017年12月22日

祝耿铁华教授七十一寿诞①

东君着意送春回，四面青山带笑开。
松竹苍时尘俗去，华筵启处寿星来。

2018年2月23日

【注释】

①耿铁华：1947年出生于吉林省扶余县，现为通化师范学院高句丽研究所所长，历史系教授，中国考古学会会员，中国先秦史学会会员，中国朝鲜史研究会理事，吉林省历史学会常务理事。

出版了《东山集》《中国高句丽史》《高句丽史论稿》《高句丽考古研究》等二十多部著作。在国际、国内发表了《中国文明起源的考古学研究》《先秦时期的宦官》《应监考释》《监国制度考》《好太王碑无完整拓本》，等论文一百二十余篇。

步韵赠胡玫姐姐①

山仰高兮水仰深，箫声起处韵千寻。
堪怜历尽千番后，犹抱玲珑雪月心。

2018年3月30日

【注释】

①故玫，通化诗人。

戊戌春再题剪花插瓶

又是桃红柳绿时，倩谁还记此芳姿。
宝瓶如昨人非昨，惟有幽香似旧知。

2018年4月23日

【题解】

2015年小雪日曾经裁剪盆花插瓶，当时曾赋得诗句，今春再次剪花插瓶有思。

仲春净月潭公园散步拾句

漫步潭溪小院东，榆青柳翠间桃红。
怜他鲜艳无蜂蝶，唯摄芳姿入画中。

2018年4月23日

江密峰赏古梨树二首

一

春到安山赏古梨，一坡雪韵最神奇。
微风过处花如雨，玉蝶翻飞满目诗。

二

铁干虬枝岁月雕，如云华盖向青霄。
居高自得清纯气，冷艳偏能胜百娇。

2018年5月17日

卷四　诗余

纪辽东 · 词寄怡情百草园[①]

怡情百草写芳华，风云万里沙。醉语痴言些许梦，点点是心花。　　淡然褒贬沐清晖，长歌踏浪飞。竞秀千峰飘逸去，直把彩云追。

2010年7月3日

【注释】

①怡情百草园：是阿豆建立的网络文学社团，下文同。

满江红 · 塞外风光

塞外风光，何曾似，江南模样？遥望去，白山黑水，雪涛松浪。沃野绵延千里阔，层峦起伏三秋畅。笑东风，总是恋江南，姗姗放。　　关东酒，谁来酿？松江月，何人赏？看云霞万朵、漫飘山上。酒烈查干杨柳地[①]，茶浓向海芦苇帐。趁韶华，约我好朋来，徐徐唱。

2010年7月3日

【注释】

①查干：即查干湖，和下文的“向海”都是吉林省的名胜，吉林八景之一。

一剪梅引·世博行[①]

百年一梦沪城行，云淡风绵丽日明。万国风情，烂漫心情。过馆穿庭步履轻，盖章留影趣横生。快意人生，无悔今生！
欧风美韵竞纷呈，棋布星罗盛事宏。大国争荣，小国争鸣。看我中华举世惊，高台冠盖九州城。横也峻嶒，侧也峻嶒！

2010年8月5日

【注释】

①世博：指2011年在上海举办的世博会。

蝶恋花·相思蝶[①]

觅尽千山求一阕，笔写玲珑，难画相思蝶。曼妙仙姿衣胜雪，花容半掩云遮月。　　婉转缠绵歌不竭，苦短春宵，怎忍轻离别。庄梦醒来情切切，云崖漫舞仍相悦。

2010年8月29日

【注释】

①为网友子蝶妹妹而作。

满庭芳·醉梦醉语

昨夜贪杯，今晨嗜睡，故园慵懒无声。月移帘外，遗落几天星。云梦三千往事，凭谁寄，水榭兰亭。痴迷处，荷塘对饮，细雨打浮萍。　　卿卿，芳华后，秋风渐至，寒露晶晶。更淫雨霜欺，雪冻江凝。此后长冬盖地，谁来画，额上眉青。斜阳下，昏鸦老树，一任梦飘零。

2010年11月8日

减字木兰花·雪

仙姿玉蕊，凝聚霜天千滴水。曼妙晶莹，洒落人间万点情。
冰心一片，携得丰年诗意献。不染纤尘，任是无香也动人。

2010年11月28日

好女儿·西施

溪畔浣纱时，娇俏苎萝西。故国江山残损，无奈赴宫池。伴虎梦难驰。　　曲玲珑，难掩乡思。红墙深处，孤灯瘦影，亘古谁知。

2011年1月6日

南乡子·购物感怀

购物进商城，礼券连环像井绳。难晓其中真与假，迷瞪，取尔钱财似饿鹰。　　何日有真诚，童叟开心明镜升。朗月银晖千万里，清澄，百姓殷殷国运蒸。

2011年2月10日

巫山一段云·元宵节

朗月当空照，银辉满院呈。一家老小聚华庭。酒美笑声声。

帘外灯花灿，屏中小品精。良辰难忘远方朋。短信问安宁。

2011年2月18日

九张机·新春絮语

一张机，冻云淡淡织离衣，丝丝缕缕情无际。闲愁万点，痴情一脉，何日再相期。

二张机，霜枝欲醒尚参差，东君悄遣翩翩翼。轻揉浅梦，欣扬紫媚，软语唤伊伊。

三张机，春梅娇俏倚崖栖，飘飘白雪芳魂系。寒英万朵，冰心一片，着色渐芳菲。

四张机，晓寒初破暖心扉，云霞片片窗前媚。狼毫轻舞，瑶琴巧弄，惬意又春回。

五张机，煦和万象待时飞，芳华婉约撩人醉。蓝天青鸟，金滩白鹭，自在两相依。

六张机，恍然梦得阮郎归，依依离落相思地。幽林闲步，荷塘絮语，浅笑黛眉垂。

七张机，回梁紫燕笑侬痴，经年网海情何寄？香肩渐瘦，云烟渐渺，岁老倩谁知？

八张机，秦楼月满泻千姿，银晖万里闲庭忆。声声古韵，悠悠墨意，倾尽几多思。

九张机，怡情岁月韵华滋，青笺载梦亭亭立。楼头玉笛，溪桥灞柳，点点是传奇。

2011年2月19日

醉花阴·谢淘淘一笑生①

阿豆飞奔来入境，谢君呼花令。一笑百花妍，点点清芬，唤我纤毫醒。　　轻舟万里云崖净，欲问何人应。逐浪弄诗华，韵满兰笺，却是淘淘圣。

2011年3月8日

【注释】

①淘淘一笑生：即辽阳吴贵卿诗友。

浣溪沙·大丈夫何患无妻（和田浩哲）

断想狂歌除雪泥，前程何患少新枝。功成自有美娇妻。

两样情怀分过往，一梨春雨许来期。黄莺紫燕正依依。

2011年3月24日

鹧鸪天·春雨

今晨，长春飘来2011年第一场春雨，欣喜，故作。

淅沥敲窗晓梦中，似闻天籁破晨钟。凭栏但见新装美，步韵难寻旧貌同。　　春草绿，远山濛，小溪清浅正叮咚。芳心虽未归桃苑，却也多情盼树红。

2011年3月25日

纪辽东·图们江

清涧訇然出大荒，浩荡向汪洋。风霜雨雪浑难阻，心宽韵自长。　　名异音同水未分，今古是图们。如烟往事涛声里，花开两岸春。

2011年4月14日

一剪梅·神游百年不落

一任神思越百年，凉水泉边，城子山前。茅棚老井矮墙垣。落日圆圆，新月弯弯。　　谁惹多情紫燕欢，小伙弓弦，小妹琴弦。村中袅袅又生烟。如画田园，不朽诗篇。

2011年4月25日

临江仙·巴山狂士生辰有寄[1]

又是春深花烂熳，琴音遥送滇池。和风同祝莫嫌迟。碧湖八百里，香拢一笺诗。　豪气横胸歌日月，惊涛拍岸舟驰。凭君来去说相思。江湖频写意，网海任参差。

2011年4月25日

【注释】

①巴山狂士：阿豆在51网站认识的网络诗友，为人谦和敦厚，善词。喜欢借女子语气抒胸中块垒。后文同。

浣溪沙·闻巴山狂士收义女有寄

狂士新添掌上珠，须眉朗朗忘形呼。堂中老少半迷糊[1]。信是家严多孝女，从来溺爱少贤姑。盈盈膝下两情舒。

2011年4月28日

【注释】

①堂：指网络诗词社团“讲诗堂”。

摸鱼儿·写在百草园两周年兼寄友人

近黄昏，淡云飘逸，熏风轻抚花圃。怡然独步兰溪上，牵动几多情绪。经两暑，振弱笔，痴痴挥斥天涯路。倾情无数。纵白发频生，芳华渐老，还醉阑珊处。　春江月，犹照秦唐古渡，山花又绚江渚。惊涛拍岸神思远，似见连舟樯橹。苏子赋，可知晓，当年多少云和雾。都归尘土。看百草欣欣，旌旗猎猎，沧海又金鼓。

2011年5月24日

谢春池·读巴山狂士生日感怀有寄

壮士悲歌，慨叹岁华虚度。引娇娥、星眸起雾。阴晴不定，倩花期难睹。　　料应将，岁寒吞吐。峰回路转，自古层峦多阻，灭烟尘，风凄雨苦。观天通地，看浮云飘处，恰从头，起舟争渡。

2011年5月27日

纪辽东·怡情百草园两周年志贺

欣逢五月又花繁，怡园景色斓。水秀山清堤柳翠，莺语燕翩跹。　　香薰百草海天宽，流光溢紫笺。叠醉三江歌四海，宏卷续新篇。

2011年5月31日

一剪梅·赠怡情百草园众诗友

结社吟风两载多，放鹤观鹅，踏浪飞歌，桃园杏苑曲相和。男也巍峨，女也婆娑。　　几度潮头共舞梭，百草盈坡，情满心窝，如诗如画好山河。少也萧何，老也廉颇。

2011年6月11日

清平乐·高翔雁阵①

参观振国药业有寄

高翔雁阵，头尾何需论。万里同心联袂进，险路奇峰消遁。　　振国一展雄风，三军气势惊鸿。百草清芬妩媚，悬壶雅韵千重。

2011年6月24日

【注释】

①在振国药业集团，院中显赫位置有一面雁阵墙，墙上镌刻着入厂三年以上全体员工的名字，他们企业追求雁阵精神。因为，大雁在迁徙途中一般排成人字形或者一字形。头雁承担巨大的阻力，全体大雁齐心合力，通过气流的鼓动，即使最年幼的小雁也不会掉队。头雁并不固定，当头雁累了的时候，就悄悄地退到后面休息，后面的大雁自动接替头雁，带领雁阵前行。这种雁阵精神，恰似我们“怡情百草园”群友两年来形成的团队精神。阿豆参观时，颇有感触。且振国药业集团也有一个百草园，里面种植了几百种中草药，灼灼药香，清芬妩媚，实非一般花草可比拟。联想“怡情百草园”群友文章友情，真好比瑶池丹药，神品天籁。故作清平乐一章以记之。

鹧鸪天·步韵答谢巴山狂士

信是前尘小火娃，遨游四海度年华。情真爱结英豪客，性烈嫌乘不义车。　荷心露、雪中花，晶莹飘洒万千家。随缘适趣求真我，仗剑悠然逐远涯。

2011年6月27日

清平乐·夜观蝲蛄河音乐喷泉

穿云击雾，乐起清波处。剑指琼宫摇玉露，幻化彩虹无数。

翩跹飞燕蒙羞，凝眸西子含愁。纵使萦回千里，勾留一梦心头。

2011年7月9日

虞美人二首

一、寒关豆谷

寒关豆谷苍茫处，傍雪依梅住。灵泉几度化冰开，酿得清芬些许、盼君来。　锦囊仍锁前香在，旧梦痴难改。天涯不远做芳邻，共那一轮明月、两心分。

二、世外桃源

芙蓉野菊缤纷处，倚翠拈香住。氤氲紫雾向阳开，捋撒丹霞如许、为君排。　　奇珍异果无需卖，再讨神仙债。林中仙子俱为邻，万顷松涛鸣奏、韵难分。

2011年7月11日

多丽·咏月

夜初临，露微风渐香浓。挂中天，圆圆皓月，疏疏朗朗雍容。照轩窗，银晖脉脉，穿花径，素影蒙蒙。漫步林边，横舟柳下，又将新曲赋苍穹。轻拈这、玲珑美玉，逐梦又随风。因拾得，清音几缕，雅韵千重。　　正凝神，忽然雾起，一并收我柔瞳。意阑珊、轻匀紫墨，兴微微，慢捻丝绒。摘叶编花，图形画影，林梢鸥鹭倚秋枫。夜渐冷，光华不减，浊酒两三盅。荣辱忘，尘埃尽洗，雪月帘栊。

2011年7月26日

鹊桥仙·七夕

金风袅袅，银河落落，又是鹊桥飞渡。悠悠一曲两心牵，浑忘却、凄清无数。　　夜凉如水，良宵似梦，多少情怀堪诉，个中意味有谁知，且醉也、只身何处。

2011年8月6日

浣溪沙·图们放歌

一路欢声一路飞，图们江水浥朝晖。放歌千里不思归。古渡悠悠知过往，闲云淡淡自东西。无边意绪信风驰。

2011年8月26日

浣溪沙·图们百年部落

清露泠泠晓色寒，山花奕奕笑安闲。轻装漫步小桥边。一架葫芦垂不语，百年部落蕴千言。大东故事海天传。

2011年8月26日

临江仙·中秋寄远

又是春城秋气爽，家园瓜果飘香。月移疏影上轩窗。约朋寻雅句，品茗赏花黄。　如此良宵期永久，人间天上同芳。丹枫白露入诗行。闲愁从此逝，沧海任君狂。

2011年9月12日

思佳客 · 寄字雪飞①

翠减红消草渐黄，嫩寒轻锁小轩窗。一湖秋月纤尘远，半截铜箫瘦影长。　　云隐逸，雨凄惶，菊开次第雁声凉。繁华过后星寥落，独自凭栏怕举觞。

2011年9月13日

【注释】

①雪飞：怡情百草园文学社版主。

蝶恋花 · 海南随笔

度假闲游南海处，袅袅椰风，正抚花千树。不尽红香轻漫舞，流觞岁月无寒暑。　　爱此清波难自主，踏碎斜阳，细浪拍礁渚。望断长空鸥与鹭，心香寄与卿分付。

2011年11月21日

喝火令 · 遥寄并肩三载银屏众诗友

难忘银屏友，痴迷墨海香。纵情几度共风霜。怅望一轮明月，无语泪成双。　　许是山高远，非关路短长。雁行南北断人肠。独步风中，独步小山冈，独步凤凰台上，遥寄念千章。

2011年11月21日

定风波·致谢巴山兄为阿豆生日赠词

狂士高台放玉槎，滇南塞北共生花。三载吟坛情似水，无悔，淡云朗月最无邪。　　微雨清心诗更美，堪醉，草原白日照胡笳。妙曲玲珑歌密密，偏忆，听涛亭上把云拿。

2011年12月8日

清平乐·冬雪无眠

梅花未绽，雪舞空庭院。夜半醒来听缱绻，漫忆从前绪乱。

也曾几度疏狂，闲愁恁个悠长。划过流星可解，百年风雨苍茫。

2012年1月8日

满庭芳·莲花山滑雪有寄

雪漫千山，冰封万水，望中一色银装。莲花山顶，猎猎彩旗扬。试问南归紫燕，可记得，塞北风光。穿林海，松涛贯耳，不醉也疏狂。　　苍茫，天地也，芳华百代，转瞬寒凉。可珍惜青春，绮梦涵芳。莫待残年浩叹，青春误，老大悲伤。思如此，童心骤起，飞纵不思量。

2012年2月8日

一剪梅·情人节感怀

遥忆当年那份真。笑也含嗔，哭也含嗔。溪桥照影柳丝新。花也缤纷，雨也缤纷。　　不意经年草木深。醉也清吟，醒也清吟。痴心一片总难陈。爱也红尘，恨也红尘。

2012年2月14日

蝶恋花·美人梳妆图

燕讯春回寻旧友，未见伊人，未见伊人久。静坐窗前观绿柳，郎君可是真来又？　　慢理容妆施素手，黛点娥眉，黛点娥眉秀。一抹胭红涂左右，金钗巧配玲珑镂。

2012年3月2日

纪辽东·贺延边建州六十周年

遥贺延边六十春，朝汉共欢欣。千林沃野呈祥瑞，望中一色新。　　最喜开边通海阔，图水唱金歌。霞分晓色山花灿，香薰两岸坡。

2012年3月23日

减字木兰花·三月三大雪有作

仙姿玉蕊，凝聚霜天千滴水。曼妙晶莹，洒落人间万点情。
冰心一片，携得丰年诗意献。不染纤尘，任是无香也动人。

2012年3月25日

纪辽东·延边州六十华诞有寄

眺望东陲第一州，百业竞风流。倚山观日听澎湃，峥嵘岁月稠。　长鼓喧天底蕴悠，帆起大江头。争辉六国开新境①，图们势正遒。

2012年3月29日

【注释】

①六国：指东北亚合作伙伴，中、俄、朝、韩、蒙、日。

思佳客·谢雪飞

一阕清词寄雪飞，万千思绪绕心扉。荒坡雨润春情涨，野陌风翻碧草肥。　舒望眼，展愁眉。关山迢递到君闺。飞鸿若见烟霞客，素手相牵共举杯。

2012年4月6日

纪辽东·红豆

饱饮相思红透腮，摇曳岭南开。遥闻绿水流长韵，随风塞北来。　　若得一枚藏梦中，时久更香浓。钟情自古应如是，天涯海角同。

2012年4月17日

临江仙·春梦二首

一

帘外微风摇月影，小桃沉睡三更。烛花乱报喜欢声，缱绻幽梦里，又似见君卿。　　最恼晨鸡来啼晓，临行切切叮咛。煎心日夜盼归程，一朝春水至，快马解花铃。

二

昨夜诗堂春草绿，依题步韵三更。词魂摇落满天星，梦中偕谁隐，回首尚堪惊。　　咬破红绫无妙句，不知怎对叮咛。才疏未解此中情，眉心一点事，羞与众君听。

2012年4月17日

浣溪沙 · 鹿鸣山庄有寄[1]

红杏初经雨后开，鹿鸣庄外拥亭台。秋千摇曳美人来。
四面环山青有意，一溪流水碧无埃。依依归去更萦怀。

2012年5月5日

【注释】

①鹿鸣山庄：位于磐石市烟筒山镇黄河水库旅游区北岸，庄主杨秦山亦是诗词好友，“乌拉草堂”即坐落于此。“草堂八友”因此而名。后文同。

行香子 · 题得月坊[1]

岩竹青青，溪水淙淙。日升时、万缕霞红。香浮野陌，雾写空蒙，有鸟儿欢，花儿艳，酒儿浓。　　寻幽谷底，听涛崖上，踏歌行，不老诗翁。虚名淡去，雅梦相从。伴一川云，一山雨，一江风。

2012年6月12日

【注释】

①得月坊：诗友巴山狂士在湖北老家建的休闲养生居所。

海龙吟·梅津剪韵

八方挚友相逢，九曲清溪浅渡。剪风携韵，向梅津深处。
吟鞭响彻林梢，翰墨充盈驿路。溯源追史，任诗情万缕。

2012年7月19日

海龙吟·黄家船口

流霞倚醉低吟，鸥鸟含羞曼舞。老榆垂钓，伴谁人寒暑。
舟横独立烟波，桡起荡开礁渚。摆黄公渡，似闲庭信步。

2012年7月19日

海龙吟·鸡冠山

花繁蝶乱云轻，林密苔滑路陡。一峰高耸，断层云出岫。
龙王洞府幽深，参女庙香清秀。纪辽东事，证苍茫时候。

2012年8月6日

海龙吟·磨盘湖

众山环抱盘湖，烟树团围彼岸。倚栏驰目，看红香绿软。
片风撩起清波，双鹭勾留梦幻。一时无语，醉斑斓画卷。

2012年8月6日

沁园春·游磨盘湖得句

烟络横林，鹭羽翔空，沁绿磨盘。似桃源处子，真纯若雪，瑶池浣女，影倩如莲，塞外幽居，大荒独处，静守冰心无怨烦。风轻掠，更霞披锦绣，鱼跃悠然。　　弃舟登岸流连，向湖岛深潭问道缘。见云松虬桦，不争不媚，稚童老叟，时戏时闲。贤士吟风，名媛照水。紫陌红尘一瞬间。思万象，纵斟今酌古，不落婵娟。

2012年8月20日

满江红·谒摩崖石刻（步岳忠武王韵）

巨石横空，摩崖上，征尘已歇，凝目望，夕阳斜照，几番激烈。历历铭文昭信史，层层赭石凌寒月。越千年，鼙鼓响云霄，断杀切。　　钓岛耻，何时雪，家国恨，谁人灭。念悠悠故国，忍教遗缺。重整河山臣子梦，收复失地男儿血。有几人，逐鹿得江山，居神阙？

2012年8月31日

浣溪沙·近中秋寄友

又近中秋望月时，红枫岭上叠新词，一行雁字向南驰。
清韵韶和衔远梦，冰蟾解意度闲痴，回眸岂止百千思。

2012年9月25日

海龙吟 · 成功米业

碧波浸润禾苗，黑土丰饶金穗。似珠如玉，胜山珍海味。
香腮邀雪晶莹，秀体涵浆亮丽。富民强国，看成功济岁。

2012年10月13日

海龙吟 · 梅河药业

立根原在破岩，向远尤须辟莽。铁肩担道，为生民无恙。
业精弘美四环，德广和丹永旺。苦心成蜜，自名标金榜。

2012年10月17日

海龙吟 · 梅河大高粱酒

高粱久酿升华，木海深藏溢翠。酒甘情烈，任谁人不醉。
一盅美女颜娇，三碗英雄血沸。问君知否，号关东老味。

2012年10月17日

定风波·品天露蓝莓葡萄酒

素手轻摇碧玉杯，未尝先醉溢香时。天露地浆经皓齿，旖旎，恍然顿觉两腮绯。　　回味悠长情不禁，争品，骚人墨客不思归。试问酒家何所造，言道，新醅鲜果是蓝莓。

2012年10月17日

踏莎行·春城重阳霜降日大雪有寄

一夜寒风，满城霜雪，欣逢塞上重双节。登高把盏祭清秋，迎眸浩渺郊原阔。　　检点情怀，激扬心结，疏狂自是真豪杰。良辰美景莫思量，今宵且共斟弦月。

2012年11月2日

海龙吟·贺英雄城开版①

家山桦白枫红，田野粮丰牛壮。纵怀驰目，尽三农兴旺。
英城摇帜挥云，韵海扬帆破浪。响铃鸣鼓，正诗情万丈。

2012年11月2日

【注释】

①英雄城：指四平市。

海龙吟·赴临江参加长白山暨鸭绿江文化研讨会感赋

白山嶂列雄浑，绿水波扬浩渺。闼门飞瀑，正临江啸傲。时光渐褪征尘，薪火相邀符号。溯源求解，探人文之妙。

2012年11月10日

行香子·岁末感怀

朔雪纷纷，暮色熏熏。叹众生，逐梦追尘。笙歌永夜，名利缠身。似穴中蚁，户中蠹，病中瘟。　愧难同也，羞与相亲。自虚怀，淡尽浮云。斟来美酒，醉个天真。任雨潇潇，风袅袅，月昏昏。

2012年12月22日

孤雁儿·为怡情百草园文学群组解散而作①

枝头树叶纷纷坠，雁影远，花容悴。风光不再似从前，真个寒凉如水。登高眺望，喟然长叹，已是伤成倍。　冰弦断续离歌碎。纵醉酒，难成寐。心香且做梦中留，谁解此中滋味。窗前瘦竹，空中明月，还有千行泪。

2013年1月27日

【注释】

①51网站是一个博客交友网站，以群组形式出现，每个群组类似中华诗词论坛的的各个板块。阿豆于2009年创办怡情百草园文学群组，历经三年，群组成员五百余人，发表文学作品六千余帖，精评上万。群组就像一个大家庭，群友朝夕相处，感情深厚。2012年11月30日，51网站停止提供群组服务，所有群组不得不在一夜之间解散。当时阿豆正在武汉桂子山学习，故有此作。

水调歌头·雪

好趁霜风烈，起舞秀枝丫。神游阡陌千里，疏密掩尘沙。谁与高歌一曲，怎奈真情难觅，孤影向天涯。飘逸回旋处，点点是琼葩。　　红尘事，多变幻，莫嗟呀。大千世界，素魄不染自芳华。况有寒江古韵，约得松梅同醉，管甚日西斜。待到春归后，含笑枕烟霞。

2013年3月8日

浣溪沙三首

一、春迟

莫叹东君步履迟，松江雪柳渐依依。嫩芽悄也立寒枝。
一瓣窗花柔晓梦，半帘月色暖归期。暗香款款已春曦。

二、春思

残雪无声渐化融，推窗又见树摇风。艳阳初照紫霞中。千缕乱云飘远壑，一笺诗意上晴空。约朋再唱大江东。

三、春盼

雨雪交融时令新，江河未醒晚来春。低温愁煞早耕人。盼扫阴霾晴沃野，期回暖日照山村。农机响处梦成真。

2013年3月10日

沁园春·读三狂兄赠词有纪[①]

旷莽沙原，浩渺穹天，一抹云飞。正春愁渐远，枝繁果盛；夏收在望，稻熟鱼肥。久仰高名，因怜逸趣，只是无缘醉一回。今如愿，纵长途倦怠，分外心怡。　红墙绿瓦柴扉，恍如见、风流居士仪。更勤耕熟土，浮尘远避，漫弹流水，雅乐轻围。起舞凌风，吟怀对月，率意何曾歌式微。欣同也，任生涯碌碌，到此忘机。

2013年5月11日

【注释】

①三狂兄：白城诗人张文学别号。壬辰七月，我与忠凯兄、雨晴兄共同拜访三狂兄，三狂兄盛情至今念念。前日看到三狂兄赠词，心中感慨，想当日之雅集，不免依依。遂亦用沁园春谢三狂兄厚爱并纪。

菩萨蛮三首

一

郊原昨夜飘春雨，新裁嫩柳轻飞絮。早起是何人，挥锄垄上耘。　担回溪涧水，面若桃花蕊。折取小桃红，相思不语中。

二

月潭雨后粼波闪，笼纱小径芳菲掩。采蕨指凝香，簪花云鬓长。　登高驰远目，翠岫连云曲。此景惹诗萌，吟哦拈韵轻。

三

疏帘细雨轻轻织，远山如画颠连碧。晓色入烟林，花黄满地金。　趁晴寻绮丽，一任衣沾翠。何故恁心痴，怜春去不回。

2013年5月24日

临江仙·通榆采风

高咏温都逢酷暑，鱼肥水美花红。羊欢马跃画情浓。日熏云缱绻，车过树朦胧。　俗事纷纷皆忘却，澄明不与前同。思追瀚海剪飞鸿。黄榆夹古道，白鹤舞苍穹。

2013年8月12日

玉甸凉 · 登向海揽海阁

烟柳参差，鸣禽婉转。步高阁，豁清眸、草连天远。沙渚舟横云水阔，况复牧羊清浅。旧日围场，皇家御苑，公子王孙不见。啸傲苍鹰，可知否，已是沧桑变换。　　圣境怡神，香风浴面。一时间，把万缕愁思消散。但觉营营皆粪土，那个能知彼岸？天旷德馨，地和物永，任尔弓弦月满。雁叫声声，斜阳里，又入清凉玉甸。

2013年8月14日

巫山一段云 · 通榆风力发电

铁臂云霄里，深根野陌间。叶随风转斗清寒，高处度华年。温暖千家巷，光明大莽原。节能造福贵天然，扮靓好河山。

2013年8月31日

沁园春·蒙古黄榆

大漠真雄，瘦骨嶙峋，蒙古黄榆。任星移斗转，不离不弃，春更秋迭，无妄无虞。翠盖如蓬，虬枝似铁，漫把清芬送旷庐。胡笳里，对狂沙瘠土，甘守清癯。　　无言慢抚枝躯，见累累疤痕感也欤。纵千年瀚海，几人留姓，九重碧落，哪个当书。燕雀南飞，罴熊北上，都是寻安择地居。汗颜也，问浮云流水，可解些须？

2013年9月2日

浣溪沙·冬二首

一

莫道冬君脚步匆，伊河冰结小桥东。夕阳西下暮云中。
听雪空庭风历历，烹茶画阁月濛濛。一怀愁绪怎消融。

二

冻叶团团撩乱思，昏鸦寂寂倚枯枝。新飘小雪正当时。
紫陌浮尘消失尽，闲愁杂虑霍然驰。轻拈素蕊写参差。

2014年1月13日

浣溪沙·见庭尉兄寄字有感以谢[1]

展卷盈眸骏马雄，八枚印鉴意何浓。沉思往事小桥东。心共丹青飞画外，情洇水墨聚书中。依稀似见那江风。

2014年3月10日

【注释】

①庭尉兄：孙庭尉，吉林省伊通县人，善书法，尤以隶书见长。

金缕曲·甲午清明缅怀焦裕禄

兰考今修史，数英雄、齐声称赞，焦桐书记。五十年前河南界，霜雪铺天盖地。内涝虐，流沙难止。盐碱灼烧斯民涕，夜沉沉，滴尽辛酸泪。翘首盼，春光霁。　　齐腰水里迎风立。测沟深，查源辨向，筑堤千里。尽瘁鞠躬为百姓，唯独忘怀自已。者公仆，几人如此。陌野泡桐今已碧，望城头，水美天如洗。对此景，君当醉。

2014年4月5日

浣溪沙·陪护患阿尔兹海默症老母感怀

鹤发豁牙憨笑颜，八旬老母甚堪怜，床边膝下问寒暄。过往云烟能细数，眼前事物记难全，回天无力倍心煎。

2014年8月13日

浣溪沙·纳兰性德研讨会有思

梦里寻她几度春，曲阑深处月黄昏。怎如初见那般真。
谁解人间惆怅客，我怜世外性情人。秋来叶赫远纤尘。

2014年8月29日

临江仙·祝贺《寻访额赫讷殷》付梓

若问关东何处险，白山苍莽浑雄。滔滔松水啸长空。古城凝浩气，霞映满江红。　　天道酬勤诚不假，讷殷重证遗风。万年手斧一相逢。大荒青史改，举世震惊中。

2015年2月4日

浣溪沙·乙未新正春雪

昨夜东风带冷烟，琼花六出舞翩跹。寒香一缕到梅边。
山挽长河洇水墨，柳摇春讯动诗笺。檐铃滴脆半无眠。

2015年2月25日

浣溪沙 · 净月潭徒步得句

净月园中清气嘉，栈桥十里雾轻遮。沾衣婉婉雪绒花。
风动明湖看潋滟，禽鸣碧丛听叽喳。一行堤柳醉诗家。

2015年3月3日

踏莎行 · 依韵戏和雪兄纪长春初见

霁雨凝眸，熏风抚面，萦回一霎终相见。俊颜朗目性敦和，襟怀胜雪人人赞。　　琴韵清幽，茶香细软，此情但觉流光短。楼居饮罢燕归来，依依思那泥金扇。

2015年7月31日

水调歌头 · 观看九三大阅兵感赋

七秩辉煌日，庆此阅三军。友邦相约来贺，礼炮震乾坤。铁甲长街列阵，银燕高空呼啸，阔步起风云。壮士英姿爽，老将战功勋。　　从前事，家破碎，国蒙尘。万民悲愤激越，剑指虎狼群。前事如何能忘，后事仍需追问，倭虏岂稍驯。更喜金瓯固，把酒酹英魂。

2015年9月3日

诉衷情 · 秋游秦皇岛遇雨

秦皇岛外雨潇潇。风打浪花高。看山赶海游客，慌向岸边逃。　　真勇士，假渔樵，竞天骄。扁舟一叶，脚踏波涛，笑傲惊涛。

2015年9月5日

苏幕遮 · 秋情

爽风加，秋雨现。翠减红销，黄叶枝头见。衰草斜阳无意管，云淡天高，怅望南飞雁。　　梦虽空，弦未变。瑟瑟笙歌，又把乡愁唤。遍倚栏杆怜日短，菊酒冰心，惟付琉璃盏。

2015年9月19日

鹧鸪天 · 年终大雪有感

世事如烟终化尘，何须碌碌苦劳身。霜风扫处秋零落，大雪飞时岁转轮。　　清冷月，寂寥云，倩谁还绕指间痕。若将俗虑都销尽，不诵南华觉也真。

2015年12月9日

沁园春·乙未冬上长白山临天池抒怀

山耸雄浑，瀑飞清澈，大泽涵虚。望苍峦起伏，蟠龙踞虎；冰崖交错，挂玉悬珠。溪涧琤琮，松桦犹劲，浩漫瑶池接碧庐。凡游客，对峰头十六，莫不嗟嘘。　　风光壮美犹殊，感千古名流相竞书。自隋唐驻跸[1]，神威初孕；辽金兆启，兴应王图[2]。仪盛康乾[3]，名垂南北，护国尊崇至此乎。微吟罢，约名鹰向海，翅掠金乌。

2015年12月26日

【注释】

①驻跸：皇帝外出，途中暂停小住的意思。隋炀帝、唐太宗征辽东，都留有诗篇。隋炀帝做《纪辽东》，唐太宗有《辽城望月》。

②兴应王图：金代封长白山为“兴国应灵王”。

③仪盛康乾：康熙、乾隆均吟诗望祀长白山。康熙“诏封长白山神，秩祀五岳”，把长白山的地位推崇至五岳之首，将中国历代皇帝的封禅礼制与满族祖先崇拜的偶像有机地结合起来。

卜算子·长白雪

月馆一精灵，似带瑶池露。曼妙妖娆下广寒，染白千千树。

临水自娉婷，起舞凇花妒。只为前缘结太深，化蝶痴痴顾。

2016年1月3日

鹧鸪天·萨满部落

探秘苍山问老林，千年故事已深深。同心树下同心结，三洗泉边三洗金。　　穿火海，滚钢针，九关得胜最堪钦。白狐马鹿钟情处，多少谜团留到今。

2016年1月11日

浣溪沙·谢忠凯兄招饮长春诗友雅集有作

无赖阳和正碧空，柏松轻带晓寒浓。高朋胜友喜相逢。
君捧瑶池花酿酒，我擎玉盏袖生风。一笺诗意梦重重。

2016年2月4日

浣溪沙·春节前两日忆娘亲有感

相隔阴阳近一春，年关不禁忆娘亲，模糊泪眼望青云。
以往膝前情切切，而今梦里语殷殷，音容宛宛醒无痕。

2016年2月5日于素月轩

减字木兰花·步韵和周笃文先生贺岁吟

金猴抖擞，直下青霄春气透。棒舞何方，岭上红梅滞雪香。　鲲鹏万里，翅展云天澎湃起。霞满神瓯，百舸争流逐浪头。

2016年2月7日于素月轩

蝶恋花·正月初七人日恰逢情人节有纪

正月初逢纤细雨，未湿春衫，湿了春情绪。一缕幽思裁几许，红笺小字研无处。　若是君能知此苦，柳眼开时，与尔从头诉。短棹兰舟携手去，桃花渡里卿卿语。

2016年2月15日

二十四番花信风

二十四番花信风。根据农历节气，我国古代以十五日为一候，三候为一个节气。每年冬去春来，从小寒到谷雨这八个节气里共有二十四候，每候都有某种花卉绽蕾开放，于是便有了“二十四番花信风”之说。一年花信风梅花最先，楝花最后。经过 二十四番花信风之后，以立夏为起点的夏季便来临了。

一、浣溪沙·梅花

云岭冰崖着此身，几番寒彻出凡尘。幽香占尽百花春。
傲雪情怀凝岁月，倚松品格自真纯。一杯沉醉近黄昏。

2016年2月20日

二、浣溪沙·山茶

瘠土荒坡未计贫，霜风雪雨养深根。诸般苦楚有谁闻?
玉朵开时山烂漫，岚烟起处影缤纷。终教鲜艳绾秋春。

2016年2月20日

三、浣溪沙·水仙

俏立清波不染尘，银台金盏绿罗裙。仙姿袅袅万般春。
温婉案头添雅致，玲珑画里长精神。一团淑气最怡人。

2016年2月20日

四、浣溪沙·瑞香

一片奇香破晓霜，紫珠笼雾媚朝阳。娇慵俏也小轩窗。
叶带金边称极品，花团素粉号无双。惹人怜爱植高堂。

2016年2月25日

五、浣溪沙·兰花

空谷风轻蛱蝶忙，幽香浅淡费思量。青衣紫袂露还藏。
贞静无争偏绝俗，纤柔不语自流芳。骚人墨客寄情长。

2016年2月25日

六、浣溪沙·山矾

堤畔山间自作家，馨香散淡漫无涯。岚遮羞涩若轻纱。
尽数风流追翠柏，每耽格调逼梅花。一枝红粉趁年华。

2016年2月25日

七、鹧鸪天·迎春

草色初匀绿柳枝，廉纤细雨涨春池。湖波潋滟鹅儿早，瓦屋飞还燕子迟。　荆藤古，禹王归，任他寒重晚风摧。诸花未启芬芳事，她在丛中一秀眉。

2016年2月29日

八、鹧鸪天·樱桃

细雨轻寒四月天，几番惆怅梦浮烟。芙蓉苑里馨香溢，赤玉盘中酥手怜。　樊素怨，小蛮缠。雎鸠咏唱在河边。惜春易逝游人早，留齿晶莹醉忘还。

2016年2月29日

九、鹧鸪天·望春

长在深山寂寞思，若莲心事倩谁知。淡香只与幽兰共，儒雅剧怜西子痴。　情脉脉，意迟迟，半舒半卷正春时。繁华转瞬飘红雨，南燕归来莫举卮。

2016年2月29日

十、菩萨蛮·菜花

平畴极目春无尽，鹅黄漫染香腮润。妩媚趁朝阳，风流别样香。　　罗裙青苜蓿，似草还如玉。一梦枕田园，悠然天地间。

2016年3月7日

十一、菩萨蛮·杏花

娇柔秾艳谁堪比，满园春色红墙里。曲水照花枝，玲珑一树诗。　　清怀何脉脉，难敌人心恻。横笛到天明，风来入梦轻。

2016年3月7日

十二、菩萨蛮·李花

冰鲛簇玉纤尘绝，瑛儿片片瑶池雪。离落不争春，清香偏醉人。　　若君怜楚楚，莫使孤芳舞。待到径成蹊，韶华碾作泥。

2016年3月7日

十三、清平乐·桃花

天然佳丽，未染胭脂气。粉白轻红仙子体，遗落深山坞里。　　妍开醉了春风，流年总是匆匆。莫道崔郎有怨，徒伤昨日情浓。

2016年3月2日

十四、清平乐·棣棠二首

一

青条纤软，缀满黄金盏。静听莺儿鸣婉婉，忽闪星眸腼腆。　　天然贵气清芬，无邪不染纤尘。未暗纷争世事，痴守一片纯真。

二

轻柔和煦，摇曳黄金缕。帘外蝶蜂难记数，厌厌春思几许。　　谁人可解闲愁？雕栏倚遍凝眸。二十四桥明月，箫声起处兰舟。

2016年3月2日

十五、清平乐·蔷薇

红绡轻绾，斜倚栏杆绽。嫩刺柔条香梦软，风动参差宛转。　　廉纤细雨无声，深深院落莺鸣。睡眼惺忪顾盼，春醪趁此同倾。

2016年3月2日

十六、清平乐·海棠

幽姿雅意，袅袅重门里。雪魄梅香无可比，更着雨疏风细。　　王孙莫不销魂，痴痴未解红尘。最喜胭脂酒后，堪怜半醉时分。

2016年7月21日

十七、清平乐·梨花

冰姿雪蕊，淡雅清如水。洗尽铅华偏妩媚，谁解此中情味。人间四月妖娆，芳菲竞秀多娇。最是红妍深处，泠泠俏领风骚。

2016年7月21日

十八、清平乐·木兰

古今名卉，玉朵如莲美。绰约风姿难尽说，妩媚直追山鬼。　遥遥一树辛夷，香浮紫雾迷离。燕子低回剪水，穿花也为神奇。

2016年7月21日

十九、蝶恋花·桐花

莺燕喧喧春欲暮，绿涨红销，玉立梧桐树。紫雾朦胧新萼吐，但期彩凤飞来去。　满院青苔兼落絮。两鬓霜华，已贯听风雨。裁作良琴弹楚楚，人前感叹千般苦。

2016年8月5日

二十、蝶恋花·麦花

弥望层层云带蔼，碧绿油油，曲水缠村寨。无意花红成一派，莺穿雪浪炊烟外。　待到秋来山染黛，秀穗低垂，宛宛谦谦态。牧笛悠悠空万籁，农家乐里越千载。

2016年8月5日

二十一、蝶恋花·柳花

雨霁云闲莺语软，垂地柔丝，绿荫轻遮岸。起絮之时春已晚，长亭别后青衫满。　　悯世情怀何婉转，但付圆绒，款款随风远。旋聚旋飞旋又散，飘飘洒洒天涯暖。

2016年8月5日

二十二、南歌子·牡丹

本是瑶池种，偏耽菩萨心，姚黄魏紫绿衣襟，千载风华俏立百花林。　　富贵阶前静，鲜明雨后深。天香一缕世难寻，墨客骚人高咏到如今。

2016年8月28日

二十三、南歌子·酴醿

雪蕊追春脚，云英逐雨声。个中故事有谁听，一任柔肠百转又清明。　　每叹琴心古，常怜絮梦轻。虽逢百艳说凋零，独抱幽怀倩影淡浮名。

2016年8月28日

二十四、南歌子·楝花

紫楝窗前约，红荷雨后盟。一腔素愿对飘萍，粉黛低垂不语自娉婷。　　饱饮千般苦，痴怀不了情。任凭俗世诉曾经，绮梦玲珑细萼剪秋英。

2016年8月28日

菩萨蛮·快大茂龙胜村香瓜

甘甜爽脆谁能比，开园时节香千里。老叟醉酡颜，新醅浮淡烟。　游人频驻足，络绎摘珠玉。若要用诗酬，瓜中一品侯。

2016年7月9日

浣溪沙·仲夏访雪村

虽是山村雪未飞，短篱瓦舍沐霞晖，红灯高挂在门楣。
岭上花繁衬云白，江边翁钓喜鱼肥。诗人到此不思归。

2016年7月25日

蝶恋花·李艳重游母校暨三十年同学会有寄

燕子归来春意闹，母校重游，漫步林荫道。绿树红花依岸俏。湖光潋滟晴方好。　薄酒清茶虽草草，厚义深情，感慨知多少。鬓染霜花花也笑，轻弹热泪同吟啸。

2016年7月30日

鹧鸪天·同学会期间收到晓萱茶珍感赋

彼岸邮来老白珍，小心手捧泪花纷。帘掀旧梦浮眸底，浪涌离愁近月轮。　　芸窗事，柳梢云，几番风雨已成茵。倩谁能改此情愫，袅袅茶香滤俗尘。

2016年8月14日

浣溪沙·玉簪花

一袭云衣着雪光，昭容初润带寒香。临凡玉女世无双。
月下凝眸星闪烁，风中顾影蝶疏狂。冰怀缱绻韵悠长。

2016年9月2日

清平乐·杜鹃花

丹朱滴露，明艳枝头树。似火如霞难计数，切切杜鹃私语。　　堪叹夜雨凄寒，怜伊不寐凭栏。一缕朝晖破晓，临风执手相看。

2016年9月5日

浪淘沙·初冬寄远

朔雪漫连天，冻柳含烟。街灯明灭映窗前。半盏清茶独饮尽，又倚栏杆。　　虬柏影孤单，不敌新寒。如何往事又经年，冷笛一声家万里，可忆婵娟。

2016年12月1日

寿星明·贺程书伟老师六十寿诞并寄同窗

赫赫黉门，深深学府，饮誉九州。有先生儒雅，襟怀若谷；应时才俊，倜傥如流。瀚海纵横，杏坛独步，桃李芬芳硕果稠。群星灿，看天南地北，叶茂枝虬。　　最钦德艺双修，引吾辈扬帆争上游。忆初登圣殿，青葱懵懂；更探幽境，踯躅优柔。当此之时，醍醐醒脑，授业殷殷未倦休。今花甲，许凭诗祝贺，乐以忘忧。

2016年12月24日

减字木兰花·话同窗茶聚

2016 年 12 月 26 日，上海的郭芙萱，韩国的李明顺，长春的刘景兰、苑宏光、邹桂琴聚于阿豆的素月轩惠和茶室，品茶共话同窗三十载之友情，欢乐怡然，是记。

重逢时节，似海深情不忍别。又见初心，沁雪梅魂入韵吟。
春萌律动，清水茗芽酬绮梦。率性随缘，共话烟霞又一年。

2016年12月26日

菩萨蛮·早春与夫君故地重游

雪云消散晴光好，疏枝乍软青还早。溪水渐温柔，远山醒睡眸。　　三生三世后，十里桃林又。携手向芳堤，裁成一首诗。

2017年3月28日

行香子·愚人节与同窗调笑

小小红包，嫩嫩鲜花。愚人节、调笑当家。晴光烂熳，紫雾横斜。有一笺诗、一壶酒、一杯茶。　　书生意气，稚子年华。想当初、真个无邪。长风破浪，多少烟霞。记柳乡情、桃源梦、月宫纱。

2017年4月1日

清平乐·贺津门海棠雅集敬赠叶嘉莹先生

春光妩媚，赫赫黉门里。粉萼轻红多旖旎，唤醒满园诗意。　无分瞻霁迦陵，芳华总是娉婷。但醉书香月色，何曾计取浮名。

2017年4月12日于长春素月轩

清平乐·过通化忆与七兄弟拼酒旧事感怀

廉纤细雨，撑伞依栏伫，岸柳青青传鹊语，撩起遐思几许。　当年夜色阑珊，金樽斗酒诗篇。孰料星河沉梦，怆然又是花繁。

2017年4月18日于通化至长春大巴车上。

解语花·谢家乡诗友招饮雅集分韵得“晓”字有寄

春光的皪，月色朦胧，花树频争俏。更兼酒好。情不禁，一任玉壶倾倒。乡音袅袅，真个是，万千难表。当此时，翠竹生香，百感眉间绕。　放眼浮生虚渺，问淑怀挚友，可曾知晓。江湖垂钓，每牵肠，多是故园芳草。闲愁旧恼，都只为，那时年少。别梦长，但醉诗缘，共我芳华老。

2017年4月22日

浣溪沙·贺封玉华《枫丹玉润》一书付梓①

捉笔耕耘总未停，春衔百草夏斟英。寻常岁月也娉婷。

绮韵流丹多异彩，霜华润玉更晶莹。轻吟浅唱尽深情。

2017年4月25日

【注释】

①封玉华：四平诗人，出版诗集《枫丹玉润》。

菩萨蛮·谒贞慧公主墓①

荒山孤冢弦歌竭，松涛雪岭云呜咽。金碧碾成尘，芳魂凭吊真。　轻纱飞锦履，出入皇宫里。微雨燕呢喃，东风梦一帘。

2017年5月30日

【注释】

①贞慧公主：是唐渤海国第三代王文王大钦茂的次女。贞慧公主墓坐落于敦化城南四公里处的六顶山上，是六顶山古墓群中最为著名的古墓。

水龙吟·六鼎山参佛

问君可感威仪，清尊径夺凡尘去。豁眸仰视，金身高耸，与天同驻。万朵流霞，千条祥瑞，莲开如许。拈檀香三炷，冰心一缕，虔诚拜，呢喃诉。　　料想西方佛主，自生来，历魔无数。求真悟道，晨钟暮鼓，方离八苦。菩萨为人，人为菩萨，无须轻付。若羁魔割了，朝花夕拾，自菩提树。

2017年5月31日

水调歌头·开封

赫赫开封府，千载帝王州。登高驰目，倾城琪树掩琼楼。不负山川形胜，更着文明璀璨。斗转几春秋。自古膏腴地，未减雨烟稠。　　大风起，云际会，翠光浮。江河奔涌，引领新局势方遒。深浅文章绘就，特色风情独具，豪气一笺收。对此煌煌业，谁不赞风流。

2017年10月28日

清平乐·松岭雪村美食

雪村美味，食客称瑰丽。酸菜粉丝虾做底，几度龙芽旖旎。　　一壶老酒香淳，芙蓉鸡片回春。总角丫丫跳跃，流连不舍乡亲。

2017年12月12日

清平乐·临江雪夜

岭间雪夜，山色浑如画。苍莽冰河蜿蜒下。几处茅檐低舍。　禅钟古树晨昏，柴门犬吠归人。暖暖红灯照晚，村醪花袄亲亲。

2017年12月15日

清平乐·龙润温泉畅泳

晨曦半卷，玉髻轻轻绾。畅泳清泉波正软，似雾如莲婉转。　可怜水滑凝脂，柔肠浸满相思。帘外雪花飘处，洛神梦也参差。

2017年12月16日

巫山一段云·坡口古驿站

古驿巉岩侧，苍榆鸭水西。当年攘攘客来时，往事已迷离。　地远乡情重，天寒雪趣奇。红绸何止系相思，多少梦依依。

2017年12月23日

临江仙·松岭雪村

雪覆琼坡素白，云缠峻岭空蒙。炊烟慵懒小桥东。暮鸦栖玉树，斜月照帘栊。　　新剪窗花妩媚，重温家酿香浓。柴篱瓦舍趣无穷。鸡鸣观曙色，岁老听松风。

2017年12月28日

喝火令·海南迎春

绿岛层林秀，遥峰碧水还。越冬偏有百花妍。鸥鹭几只轻掠，惊起朵云翻。　　漫遣飞花令，相邀拂韵弦。此番联袂唤春天。诱我抒怀，诱我逐沙滩，诱我浅吟低唱，醉倒月弯弯。

2018年2月1日

浣溪沙·过范蠡湖西施梳妆台

仄径幽深绿柳垂，小园胜日正芳菲。溪桥遥对旧妆台。　　轻抚石雕怜月貌，追思往事叹辛悲。扁舟隐处可相随。

2018年4月28日

恋芳春慢·暮春同老年大学诗词班游南湖公园感赋

桃蕊才收，李花又绽，一湖新涨春津。画舫穿行，遍是笑语游人。岸柳团烟叠翠，掩映处、鸭戏闲云。桥两侧，石径蜿蜒，宛转莺燕欣欣。　　晴光可意，惠风骀荡，佳朋趁兴，花气氤氲。绮韵舒怀，共醉紫陌红尘。万缕闲愁散去，纵情处，轻舞罗裙。微吟罢，亲采时新野蔬，斟酒留春。

2018年5月17日

跋

古都四月，玉渊潭畔，满园樱花，开得正旺。春华来京，众同学小聚，把酒谈笑间，春华嘱我为其诗集作跋。此时帝都草长莺飞，春光正好，杯觥交错，谈笑往昔，正忆风月，不留神间，应承下来。酒至半酣，欣然而散，怡怡然间最忆美好瞬间。没过几日，春华索要文稿。我愕然。没说什么时间交稿啊，我还想细细品读呢。时间匆忙，只好急急找来诗稿拜读。

大凡诗歌，或言志，如“大风起兮云飞扬”，或抒情，如“杨柳岸晓风残月”，均是抒发人的情感之声音。春华的诗词亦是如此。她的诗清新干净安宁，是她生活和心态的写照。于是有“帘外微风摇月影，小桃沉睡三更。——临江仙，春梦二首一”。没有经历生活磨难和起伏，没有在感情世界煎熬过，她的世界是美好的。“满眼芦花香雪海，叠云稻浪醉金樱。撩人月色填诗韵，最喜农家打谷声。——农安筐箩湖之秋”。诗人满足于现实的美好生活，行吟山水，寄情生活，没有那么多的野心和不眠的欲望。于是有“天门岭北虎崖东，沙水横流乱棘中。一谷幽深涵冷月，群峰陡峭接苍穹。鹰叼稚子因情切，马踏联营趁雾朦。千载传闻都远去，回眸但见映山红。——游沙河峡谷得句”。纵观春华诗句，没有愤怒出诗人，痛苦出酒徒的撕心裂肺，有的是生活的美好，风景的美好，人性的美好。即使“八十三年风雨路，含辛只为众儿孙。一朝撒手天堂去，泣血悲号泪满盆。——头七悼慈母”读来仍然是人性的美好。

读春华的诗，能读出有一分平常心态，读出一分安静。她不慌不忙，娓娓道来，正是这个物欲横流的荒野中的一泓清水，任凭如何喧嚣，她仍然映天照地，洗刷心灵，以一种禅一般的参悟，存在于那里。这种生活态度，这样的写作态度，才是生活的本色，亦是万千诗歌中的一朵丁香。

春华的诗词文字上精致小巧，看得出是精雕细刻过的。“眉心一点事，羞与众君听。——临江仙，春梦二首二”映照出女性的姿态，文字的精巧，亦跃然纸上。此类诗句，书中颇多，读者自会读到。

春华是学历史的，在学院工作，是教授。她却写起了诗词，说明她心中有江湖。常言道“青年诗歌，中年小说，老年散文，人生一部戏剧”。春华逆而行之，说明她的内心仍然激情澎湃，所以能写出“鹰追云路翔千里，我与山风共一呼。纵越狂飙消块磊，归来沉醉不需扶。”的诗句。书中偶发此类诗句，就像溪流汩汩流淌中激起的浪花，足以激动人心。

人生有爱好，有乐趣，无论是寄情山水，抒发情怀，还是云游四方，遍览天下，都是一个“趣”字，有趣的生活是多么的重要，有趣的生活强于“丝竹之乱耳，案牍之劳形”。人虽不能完全放弃“苟且”，但衣食足后，总得有点“诗和远方”。愉悦心灵，高兴就好。

春华与我，少年相识，虽说不上相知，也是见证了彼此的成长。她出书能想到我为她写跋，不胜荣幸。致谢，我少年的伙伴。

康洪伟

2018年4月10日于北京

康洪伟，原中国青年出版社编辑，中国作家协会会员，出版《永远的开始》《北京不是我的家》《恐惧与逃避》等著作。现为某世界500强企业高管。

后　记

凡事都有个缘分，我与古诗词结缘，始于初中时期，我喜欢古诗词的韵律之美，读起来抑扬顿挫，朗朗上口；更被古人诗词的意境所陶醉。当时我们几个要好的女孩子都喜欢古诗词，也试着写作，现在回想起来，当时的作品尽管充满激情，却不合格律，也很青涩。

因为对古诗词的喜爱，所以1982年报考大学时，第一志愿即报考了中文系，但是由于当年历史系老师抢先把我录取到了历史系，因此与正规的科班古诗词学习失之交臂，然而喜爱古诗词的情愫一直深藏于我的心底。

直到2008年，我和几个朋友共同建立了一个《怡情百草园》网络诗词社团，开始学习古诗词写作，两年后我加入了关东诗阵和吉林省诗词学会，在这里我结识了关东诗阵的诸多诗词大家，从此我在古诗词写作过程中得到了省诗词学会领导和诗友们大力帮助，感谢对我诗词创作给以悉心指导的张福有先生、翟志国吟长、高丰清吟长、孙湘平诗兄以及陈旭、吴文彦等诗兄。

这次能够第一批入选《长白山诗派丛书》，我感到万分荣幸，这是省诗词学会对我的肯定。感谢张岳琦会长在百忙之中为我的诗词选写序，感谢康洪伟师兄为我的诗词选作跋，感谢编委会张福有、沈鹏云、温瑞的辛勤校正。另外，我还要特别感谢对我个人成长给予关怀和帮助的蒋力华先生、吴文昌先生和宋有才先生以及所有关心支持我的朋友们。在这里一并说声谢谢了。

《黄春华诗词选》即将付梓，所选517首作品都是我的心灵之歌、真情之作，在诗中，大家不仅可以感受我的理想追求，也可以体味我跋涉的履迹，更可以触摸我的内心世界。这是我诗词创作道路上的一个阶段性成果，尚有瑕疵，希望诗友多加批评指摘。愿我们保持一份真挚与浪漫，让心灵永远栖居诗意。

黄春华

戊戌年四月十二日于素月轩

总　跋

经与蒋力华先生多年的思考、谋划与操办，在我省老领导王云坤、张岳琦、唐宪强的关心、支持下，在吉林省委宣传部、吉林省财政厅、白山市委、吉林省文史研究馆、吉林省长白山文化研究会和时代文艺出版社的大力支持下，吉林省诗词学会、长白山诗社认真操作、实施，“长白山诗派丛书”终于面世。

“长白山诗派丛书”，原思路是编撰“长白山诗词流派丛书”，以长白山天池为发端，将沿大泽、松花江、鸭绿江、图们江、伊通河、东辽河、辉发河、浑江、牡丹江、嫩江等江河的诗人之作品分别结集成卷，再加上一卷黑土地农民诗人卷，共编辑出版三百卷，已经列出入围名单。在征求意见时，各方普遍感到规模过于庞大，缺乏财力支持，难以启动和实现。后来，便收缩了范围，缩小了规模，改为“长白山诗派丛书”，规模为一百卷，分三年完成。2019年，是新中国成立七十周年，就先出七十卷，向国庆七十周年献礼。2020年，是长白山诗社成立三十七周年、吉林省诗词学会成立三十三周年、吉林省长白山文化研究会成立二十周年，再编辑出版三十卷，完成一百卷的创新、补白之举。

中国作为诗的国度，“诗派”之说古已有之。盛唐之诗代表了唐诗的最高成就，这是唐诗的第一个高峰。其标志是两大诗派：一是以王维、孟浩然为代表的山水田园诗派，二是以高適、岑参为代表的边塞诗派。李白和杜甫是盛唐双峰并峙的伟大诗人，他们的诗歌代表了唐诗乃至中国古典诗歌的最高成就。唐德宗贞元到唐宪宗元和年间（785—820年），唐诗发展的第二个高峰出现了。其标志也是两大诗派的崛起：一个是以白居易为首，元稹、张籍、王建、李绅等人为羽翼；另一个是以韩愈为首，孟郊、贾岛、卢仝、李贺等为羽翼。他们面对诗的创作“极盛难继”的困境，敢于追求变化创新，努力从博大精深的杜甫诗中汲取开拓创新的思想艺术营养，学习杜甫“因事立题”、用乐府诗反映民生疾苦，使杜诗的现实主义精神得到进一步发扬光大。他们继承了杜甫在艺术上刻意求新、富于创造性的精神，写险怪、写幽僻、写苦涩、写冷艳等，以散文章法、句法入诗，并且大量使用一些非前人诗中所习见的词语，押险韵，拓展了诗的表现领域，丰富了诗的创作手段和艺术风格，推动了唐诗的发展。现在，我们距唐诗第二个高峰，已历约一千二百年。

清代诗人宋荦在《漫堂说诗》中写道：“唐以后诗派，历宋、元、明至今，略可指数。宋初晏殊、钱惟演、杨亿号‘西昆体’。仁宗时欧阳修、梅尧臣、苏舜钦谓之欧、梅，亦称苏、梅，诸君多学杜、韩。王安石稍后，亦学杜、韩。神宗时，苏轼、黄庭坚谓之苏、黄。又黄与晁补之、张耒、陈师道、秦观、李廌称苏门六君子。庭坚别开‘江西诗派’，为‘江西’初祖。南渡后，陆游学杜、苏，号为大宗。又有范成大、尤袤、陈与义、刘克庄诸人，大槩杜、苏之支分派别也。其后有‘江湖’四灵徐照、翁卷等，专攻晚唐五言，益卑卑不足道。金初以蔡松年、吴激为首，世称‘蔡吴体’。后则赵秉文、党怀英为巨擘，元好问集其成。其后诸家俱学大苏。元初袭金源派，以好问为大宗。其后则称虞（集）、杨（载）、范（椁）、揭（徯斯），元末杨维祯、李孝光、吴莱为之冠，前如赵孟頫、郝经，后如萨都剌、倪瓒，皆有可观。明初四家，称高（启）、杨（基）、张（羽）、徐（贲），而高为之冠。成、宏间李东阳雄张坛坫。迨李梦阳出，而诗学大振，何景明和之，边贡、徐祯卿羽翼之，亦称四杰，又与王廷相、康海、王九思称七子。正、嘉间又有高叔嗣、薛蕙、皇甫氏兄弟稍变其体。嘉、隆间李攀龙出，王世贞和之，吴国伦、徐中行、宗臣、谢榛、梁有誉羽翼之，称后七子。此后诗派总杂，一变于袁宏道、锺惺、谭元春，再变于陈子龙。本朝初又变钱谦益。其流别大槩如此。”

关于清诗流派，众说纷纭。《清诗流派史》一书细分了二十多个诗派，竟无一个长白山诗派，显然值得思索与商榷。长白山诗派是个客观存在，不论是否论及，都否定不了其实际上的存在。这一点，本书总序中已有论述，恕不赘言。

长白山地处东陲，“东陲无文”之见根深蒂固。传承、繁荣长白山诗派，是长白山地区诗人责无旁贷的使命。在这方面，我们努力了。从1994年蒋力华在白山市主持召开全国第一次长白山文化研讨会、1996年我在白山市主持召开全国第二次长白山文化研讨会、1998年我在白山市主持召开第三次长白山文化研讨会暨《长白山诗词选》首发式起，我们持之以恒地努力了二十多年。这二十多年，我们主要做了三件事：

一是，梳理了长白山诗词在中华诗词中的源流关系。雄伟的长白山和广袤的关东大地，是孕育长白山诗词的肥沃土壤。类利的《黄鸟歌》，是长白山下第一首有确切作者名字的带有《诗经》风格的四言诗。隋炀帝的《纪辽东》，是词的源头。其中写道“清歌凯捷丸都水，归宴洛阳宫”，丸都，就在长白山下。李世民的“驻跸俯丸都，伫观妖氛灭”，亦然。李白的《高句丽》《送王孝廉觐省》，直接写长白山下的土著。苏东坡的《人参》，直接写到长白山的特产。陆游的“鸭绿桑幹尽汉天”“却回射雁鸭绿江”，都是写长白山发源的鸭绿江。张元幹的“山拥鸡林，江澄鸭绿”，正是长白山的景物。王寂的《张子固奉命封册长白山回以诗送之》，是以诗证史的权威诗作。赵秉文的《长白山行》、刘敏中的《卜算子·长白山中作》，不可多得。元曲中的“雄赳赳，气昂昂”，成为中国人民志愿军军歌的歌词。朱元璋的《鸭绿江》，康熙的《望祀长白山》《松花江放船歌》，尤侗的《长白山赋》，吴兆骞的《长白山》《长白山赋》，曹寅的《乌拉江看雨》，纳兰性德的《柳条边》，乾隆的《望祭长白山》《吉林土风杂咏十二首》，顾太清的《冰灯》，吴大澂的《皇华纪程》，张凤台的《赠刘建封勘查长白山》，刘建封的《白山纪咏》，吴禄贞的《又留别长白山》等，不胜枚举。两千多年，诗咏长白，一脉相承；脉发长白，源远流长。中华民族诗的传承在东北、在吉林有脉可寻。从隋炀帝的《纪辽东》到康熙的《松花江放船歌》，就是一部史诗，也是关东大地的历史，清晰地记载着、深远地影响着中国的历史。以诗可以纪事，以诗可以证史。

二是，搭起了以诗词贯通古今的桥梁和平台。新的长白山诗派，由1998年《长白山诗词选》的出版开始，代表着新气象之开端，至今已二十一年。2004年，吉林省诗词学会与“中华诗词论坛”合办“关东诗阵”，至今已历十五年。“吉林诗词现象”“关东诗阵现象”，已经在中华诗词界得以公认。这应是中华诗词由复苏到复兴进程中的新生事物。我们以“关东诗阵”为主要平台，组织东北以及关内关心东北地区诗词文化建设的诗人，坚持集中开展采风创作，紧紧围绕长白山诗词流派建设，以诗纪事、以诗证史，在创作中培养、提高队伍。“吉林诗词现象”和“关东诗阵现象”，实质上是当代中华诗词的一种创造性实践，是长白山诗派复兴和崛起的象征。

自2007年以来，我们搞了二十多次采风创作，在吉林人民出版社、吉林文史出版社、时代文艺出版社出版了二十多部大型主题诗词专集。在“华夏杯”等全国诗词大赛上，邵红霞等诗人多次获大奖，吉林省诗人甚至曾囊括一、二、三等奖和优秀奖。

《长白山诗词》杂志，有国内和国际公开刊号、有经费、有编制，成为诗人永远的家园……《长白山诗词》创刊三十五年，已出刊一百五十期，刊发诗、词、曲等七万多首。《长白山诗词选》收录诗词作品一千一百六十一首。《中华诗词文库·吉林诗词卷》刊发诗词三千五百五十五首。二十多部采风专集收录诗、词、曲、赋三万余首。直接写长白山等景物的计约一万五千首。这是之所以敢称长白山诗派的雄厚的诗词作品基础和现实的工作基础。

三是，培养了队伍，创作了一批标志性作品。拙斋与蒋力华先生写长白山及关东地区景物的诗词，都在一千首以上。这都是从来没有过的。我们整理、新创了《纪辽东》《玉甸凉》《海龙吟》《一剪梅引》等新词牌，得五千多首作品，温瑞先生称其"具有里程碑的意义"。自2005年以来，连续十五年举办迎春唱和活动，范围包括全国各省，和诗数量近万首，古之未见。在诸如"呼唤""蟹岛唱和""海棠雅集"等当代国内最重要的诗词活动中，我们大致都提供了二分之一的作者、三分之二的作品。范围之广、数量之大、反应之灵敏、集结之快速，都是关东诗阵、诗域吉林的特殊存在、实力所在。拙作《张福有诗词选续辑》的出版，被誉为当代长白山诗派的代表作和巅峰，直接促成了"长白山诗派丛书"的立项。

从诗教和诗词基本建设方面来说，我们有意识地下了很大功夫。吉林省诗词学会老会长、长白山诗社社长张岳琦携女张昕所著的《诗词格律简捷入门》，一版再版，深受欢迎。拙著《诗词曲律说解》，公木先生作序，畅销南北，免费发在"国学宝典"网上，惠人无数。吴文昌的援藏援疆新边塞诗，蒋力华的《纪辽东》，张应志的《关东历史名贤百咏》，温瑞的民间风情，聂德祥的《虎啸集》等，都可圈可点。在被周笃文先生誉为"关东铁军"的兵团中，有十分耀眼的女子方阵和农民方阵。王述评、于子力、胡玫、王丽珠、赵凌坤、李容艳、奚晓琳、黄春华、陈静、卢海娟、林丽、吴菲，被称为"十二仙媛"，出版了《十二仙媛集》。许清忠、李彦、刘振翔、张利春、王雪梅、王玉孚、杨丽、高俊香、常红岩、冯振江、杨秦山、郎丽萍、金福昌等一批农民诗人和赵志梅等一批工人诗人，已经成为吉林黑土地上的知名诗人。

由上可知，2010年杨金亭先生关于“可以说，长白山诗词流派，现在已经初步形成”的概括，是符合实际的。面对如此丰厚的成果，我们有责任将其裒辑成卷，以便于当代及后人研究。我们面临一个新时代、好时代。这一时代的长白山诗词创作，着眼历史使命，秉持人民立场，坚定文化自信，繁荣诗词创作，记载发展历程，积累创作经验，是不可断条、不可或缺的。留下我们所处时代的诗的韵律、诗的画卷、诗的记忆，不负我们所处的伟大时代和庄严使命。这套丛书的出版，也有助于消除“东陲无文”的偏见。

“长白山诗派丛书”已入选的作者和作品，无疑是当前吉林省和辽宁省、黑龙江省诗人中的佼佼者和代表作，但并非没有不足之处。同时，由于名额所限等因素，还有一些作者、佳作未能入选。这当然是一个遗憾。好在还有多种渠道和路径，会不断弥补这个遗憾。应当相信，只要是好诗词，就不会被埋没。

“长白山诗派丛书”的出版，既是对一个阶段长白山诗词成果的集中检阅，又是一个新的起点和标志。以往若干研究中国东北文学和诗词的学者，大都无视当代旧体诗人之作。这不能怪别人，至少我们没有系统呈现这方面的丰硕成果。相信“长白山诗派丛书”出版之后，这一情况会有所改观。如此丰硕的诗词成果，是不容忽视的。至于如何评价，那是又一回事，而且对于现在来说，那不是主要的。是非成败，悉由后人评说。

最后，还要由衷地感谢王云坤同志为“长白山诗派丛书”题签。感谢省委宣传部和时代文艺出版社，自觉贯彻落实习近平总书记关于文化建设一系列重要指示，积极立项“长白山诗派丛书”一百卷。这是长白山文化事业建设的大举措，是一种高度的文化自信和文化自觉。时代文艺出版社决定要出精装本，精心选择印刷厂家，体现了高度重视和担当精神。在编辑的过程中，经费不足，得到了白山市委的给力支撑，这也是高度的文化自信和文化自觉的鲜明体现。全省各级诗词学会和诗词组织，认真贯彻落实省诗词学会的部署，精心选择、推荐作者，积极帮助准备作品，在极短的时间内，高效地完成各项任务。所有作者都积极主动，像珍惜生命一样珍惜这样千载难逢的好机会，认真选稿，反复修改。“长白山诗派从书”的主编、副主编、编委会成员以及出版社的编辑、制作团队，日夜兼程，加班审稿、改稿，扫除差错。正是各方面的配合与努力，使这项空前的诗词文化工程得以顺利完成，并以此向新中国成立七十周年献礼。

总跋赘语

赫然百帙出东陲，率发洪荒力共推。
十六奇峰围大泽，三千弱水毓雄碑。
磬音启昧缥缃醉，手斧披榛锦绣维。
聊引遐陬通韵府，一开绮卷一扬眉。

張福有

2019 年 4 月 20 日于长春养根斋